Fコース

山田悠介

幻冬舎文庫

Fコース

プロローグ

意識が現実から非現実へと瞬間移動し、指先の感覚、痛みまでもリアルに感じられ、まるでその場にいるかのようなプレイを楽しめるバーチャワールド。

発表以来、若者に大きな衝撃を与え、全国のアミューズメントパークに導入されてから早くも半年が経《た》とうとしていた。病院を舞台にした『Aコース』から始まり、次々と新ゲームが誕生。プレイヤーは、普通の遊びに飽きた学生や、ストレスが溜《た》まっている会社員やOLが主で、『バーチャ』にはまる人間が急増。空前のブームを巻き起こした。

問題視されていた金額面も、設置店が多くなったことで当初の半額となり、プレイしやすくなった。現在では、専門店ができるほどの人気ぶりである。

『バーチャ』を開発した株式会社ベガは、今後も様々な新ゲームを発表していくことを記者会見で述べている。

それを知って喜ぶ人間は大勢いるだろう。そしてここにもまた、新たな『バーチャ』に挑戦する四人組がいた……。

1

　つい一週間ほど前まで残暑が厳しかったというのに、瞬く間に季節が秋に変わり、涼しい風が吹くようになった。そんなことを考えているうちに、冬もすぐにやってくるのだろう。気温がグンと下がり、白い息を吐きながら学校へ行くためのバスを待つ自分が見える。今年は雪が降るだろうか。幸せなクリスマスはやってくるだろうか。想像の中ではまだ私の隣に男子はいない……。

　ああ、アッという間にこの一年も終わるのだろう。もの凄《すご》く早く感じる。そして来年は、大学受験に喘《あえ》いでいるのだろう。未来が手に取るように分かる。両親の期待に応《こた》えなければならない。まだ高校二年生だというのに、何なんだこのプレッシャーは。

　普段、強がってはいるが、現実から逃げたいという気持ちが心のどこかにあったのだろう。

そう。だから『バーチャ』をプレイしてみたんだ……。

すし詰めのバスから押し出されるようにして下車した諸岡智里《ちさと》は、疲れた表情を浮かべ、凝った首をグリグリと回しながら住宅街をさっさと歩く。周りには同じ制服を着た生徒が大勢いる。智里の他に一人で登校しているのは暗そうな雰囲気の子ばかり。別に気にしない。群れるのが嫌いだから。誰《だれ》にも声をかけられなくたっていい。寂しくなんかはない。むしろ一人のほうが気が楽だ。朝っぱらからよくもそんなにテンション上げられるわね……。疲れるだけでしょ。もう少し静かに歩けないのかしら……。

ブツブツと呟《つぶや》きながら智里は校舎へ向かう。次々と他の生徒を追い抜いていく。ホームルームまでまだ三十分近くある。急ぐ理由は全くない。なのに、周りの集団の中で楽しそうに笑ったりしている人たちが視界に入ると、ついつい歩くスピードが上がってしまう。別に、羨《うらや》ましいからじゃない。

神奈川県立八城東高等学校。県内で二番目に高い偏差値を誇る高校。中学時代、一生懸命勉強した智里は何とか入学試験に合格。一番頭がいいとされている八城西にはもう一歩届かなかった。といっても、別に負けたとは思っていない。大学はいいところに入ればいい。最終学歴がよければ、西も東も関係ない。要は合格すればいいんだ。

ようやく校門に到着した智里は、右手から左手へとスクールバッグを持ち替え、四階建ての校舎に進んでいく。部活で朝から汗を流す生徒には一瞥《いちべつ》もくれず、下駄箱へと一直線に歩いていく。

「諸岡さん」

足音が近づいてきたと思った矢先、声をかけられた。歩くのを一旦止めて、無表情で振り向く。後ろにいたのは、同じクラスの安島君夫。

またコイツか。露骨に嫌な顔をしてみせた。安島はみんなにガリ勉君と呼ばれている。勉強しか能がなく、休み時間はイスに座ってずっと読書。友達は一人もいない。それもそのはずだ。髪はボサボサで黒縁メガネ。清潔感が全くない。それだけでも、もうキモイ。顔は言うまでもなく不細工。異常に小さい目に膨れた頰《ほお》。何だかフグみたいな造りをしている。クラスでは無口なのに、なぜか智里にだけはよく喋《しゃべ》りかけてくる。勉強ができるから、ライバルとでも思っているのだろうか。勿論《もちろん》、智里のほうが実力は上なのだが。

「何？」

目を細めて冷たく言い放った。

「今日、テストが返ってくるね。へへへ。楽しみだね。どっちが勝つだろうね」

妙にワクワクしている。何コイツ。マジキモイ。ウザイよ！

「あっそう。じゃあね」

人目が気になるので、さっさと安島から離れたかった。

「ちょ、ちょっと〜」

無論、振り返りはしなかった。無視してさっさと校舎内に向かう。

いつものように、朝の昇降口はうるさい。少しくらい静かにできないのだろうか。

試験の結果が返ってくるとあって、この日は特に騒がしかった。

黙って上履きに履き替え、三階に向かう。階段の手前で、またも声をかけられた。

「諸岡」

この声は。先ほどと一転、智里の表情が輝いた。大好きな国語の教師、鈴木孝史先生だ。三十歳、独身。背が高くてハンサム。女子生徒の中で一番人気がある。

「今日テスト返すからな。お前はよく頑張った。いつもどおり一位をキープだぞ」

もの凄く嬉《うれ》しかった。柄《がら》にもなく照れてしまう。

「じゃあ、また後でな」

鈴木はさわやかに去っていった。

「はい」

元気のある声で返事をし、上機嫌で階段を上がる。うるさい廊下なんて気にならなかった。二年C組の前で立ち止まり、扉を開ける。風景はいつもと一緒。誰一人として自分の席に着いていない。仲間とお喋りを楽しんでいる。

「おはよう、諸岡さん」

クラスメイトに挨拶《あいさつ》はされるが、それ以上はない。智里が人を寄せつけないオーラを放っているからだ。

「おはよう」

誰が聞いても「無愛想」だと思われる返事をしておいた。担任がやってくるまでまだ少し時間があるというのに、自分の席に着いた智里は、鞄《かばん》から教科書を取り出し、それを机の中に入れ、あとはチャイムが鳴るまでじっとしているだけ。

時計の針を見つめながら、智里は考える。思えばずっとこんな学校生活。自分は何も変わっていない。それは性格だけじゃなく、格好も。肩の下あたりまで伸びたストレートの黒髪。顔のパーツで唯一いじっているのは眉毛《まゆげ》だけ。太いのがどうしても許せなかったから。他の部分は自信があるから、変に触ることはしない。パッチリとした二重。小さくて高い鼻。少し尖《とが》り気味だが口の形も悪くない。美人の類《たぐい》に入るのではないか。いや、明らかに美形だ。

それなのに、なぜかモテない。ありふれた髪型がよくない？　時代遅れの長いスカートが悪い？　それとも小学生がはくような白の普通のソックスのせい？　化粧を全くしないから？

しかし、そんなことじゃないというのは、智里が一番分かっている。原因は、この性格。

幼い時からクールで頑固で意地っ張りだった。そのうえ負けず嫌い。かわいげのない子供だったろう。クラスメイトが、ディズニーランドへ行ったとみんなに自慢しても、自分だけは興味を示さなかった。父親がミッキーに会わせてやると言ってきた時だって、別に行きたくないからと断った。オモチャだって買ってもらったことはない。あんな幼稚なもの、と思っていた。

智里は今まで、他人に自分の弱みを見せたことがなかった。親の前でも強がってしまう。だからいつも周りは寄りつかない。心のどこかでは寂しいと思っているのに、そんなことは絶対にないと自分に言い聞かせてしまう。これでは彼氏がいないのも納得できる。高二だというのに、智里は男子と一度もつき合ったことがない。

中学二年生の時、チャンスはあった。同じクラスの男子を好きになったことがある。しかも、初恋。遅すぎるが……。もちろん、この事実は本人以外誰も知らない。背はあまり高くないが、優しくて、純粋な男の子だった。そんな彼が本当に好きだった。

そんなある日のことだった。突然、彼から告白してきたのだ。あの時はあまりに驚いた。夢ではないかと思ったほど。心底嬉しかった。即ＯＫの返事をしたかった。が、後ろには何人かの野次馬がいた。こちらを見てクスクスと笑っていた。

智里はその場で彼をふった。そして、平然と教室に戻った。断った理由は簡単。同じクラスの人間が見ているというのと、その彼は学校で一番格好いい男子ではなかったから。ただそれだけ。自分がつき合う相手でさえ、容姿が一番でないと納得がいかない。とにかくプライドが高いのだ。

損な性格。このままではいけないと分かっているのに、やはり強がってしまう。孤独になるのは当たり前だ。そう考えていると、またしても悪魔が囁《ささや》いてくる。いやいや、お前はそれでいい。人一倍の能力がある。いい大学に入って、一流企業に就職し、人の上に立てばいいんだと……。

ホームルームが終わり、担任が教室から出ていった。その五分後に一時限目が始まるチャイムが鳴った。しばらくしてから扉が開く。国語の鈴木孝史が入ってきた。智里はドキドキする。朝、お前が一番だと褒められた……。

「起立」

号令係の合図で生徒全員が立ち上がる。

「礼」

おはようございます、と声が揃《そろ》う。

「おはよう」

手に持ったプリントを置き、鈴木はさわやかな笑みを見せた。

「着席」

その声に従いながらも、クラス全員の視線は教卓に集中していた。

「なあ先生。それ、テストじゃねえ？」

一番後ろの男子が嫌そうな声を出す。

「おうそうだ。よく分かったな？」

鈴木は冗談混じりに言う。

「分かるよそんなの～」

大勢の生徒から野次が飛ぶ。鈴木は大きく口を開けて笑った。

「じゃあ、早速返していくかな。平均点は、あとで言うか」

テスト用紙を両手で持った鈴木は、教壇の上で一人ひとりの名前を呼んでいく。

「相田宗史」

「井川基子」

そして、とうとう智里の番がやってきた。胸のときめきは、最高潮に達した。

「諸岡智里」

「はい」

スッと立ち上がり、鈴木の元へ向かう。クラスで一番成績のいい智里が呼ばれたとあって、大部分の生徒が注目する。

「よく頑張ったな。96点。クラスでは勿論、学年トップだ」

その言葉に、教室からどよめきが上がった。本当は、飛び跳ねて喜びたい気分だった。しかし、大勢の人間がこちらを見ている。智里はただ小さく頭を下げて、

「ありがとうございます」

と挨拶をし、さっさと自分の席へと戻った。先ほどと様子が違うと、鈴木も戸惑っている感じだった。

テストの返却は順調に進み、最後の生徒が呼ばれた。

「柳沢瑠華《るか》」

「はぁ〜い」

だらけた声。金髪にピアス、かなり短いスカートにルーズソックスという派手な格好で、怠《だる》そうに用紙を受け取っている。自分の点数に驚いたのか、返されるなり大声を上げ、友達の元へ駆け寄っていく。

「やっべえよ！　20点だって！　超うけるんだけど！」

テストが返ってくるといつもそうだ。ダメ軍団がワイワイと騒いでいる。よくもまあそんな悪い点数をとれたもんだ。恥ずかしくないのだろうか？　死んだほうがよっぽどマシだ。

「じゃあみんな座れ。そろそろ答え合わせするぞ」

智里にはそんな必要はなかったが、集中して鈴木の話を聞く。うるさい連中が茶々を入れて授業を中断させたが、それはいつものこと。アッという間に一時限目は終了した。


それから六時限目まで、各教科のテストが返ってきた。明日もまだ残りの科目が戻ってくる予定だが、これまで智里の平均は93点台。まだ分からないが、恐らく今回も学年トップだろう。同じクラスの安島君夫は、智里に全く及ばず、かなり悔しそうにしていた。ジロジロこちらを見ているのには気づいていたが、一度も目を合わせなかった。

この日の全授業が終わると、帰りのホームルームのチャイムが鳴った。担任の話が終わると、全員で挨拶をし、智里は教室から出た。掃除当番ではなかったので、そのまま真っ直ぐ自宅に向かった。今日は智里にとって、満足の一日だった。他の生徒に改めて実力の違いを見せつけることができたのだから……。

2

帰りのバスには乗ったが、実はこの後、約束がある。相手は幼なじみだが、別にどうでもいい人物。すっぽかしたっていいのだが、恐らく〝アレ〟をやる。みんなの前では大したことのないゲームだと言ったが、本心ではない。つい先日、『バーチャ』

デビューしたのだが、何とも言えぬ迫力、緊迫感、現実では絶対に味わえない世界に、智里は魅了された。もう一度、やってみたいと思った。お小遣いが底をついても。どうしてもっと早くプレイしなかったのだろうと、後悔すらしている。これまで横道にそれたことがなかった、完璧《かんぺき》主義だったこの私がはまろうとは……。

一つのことにこれほどのめり込むのは、人生で初めてかもしれない。勉強は単なる意地。他人にいいところを見せたいだけ。負けたくないだけ。楽しくなんか何ともない。小さい時に習わせられたピアノやバイオリンもそうだった。うまくなりたい、というよりは、親を満足させたかっただけかもしれない。だから長続きしなかった。年の割にはできるほうだと先生には言われていたが……。

一番後ろの席で外の風景を眺めながら考えごとに没頭していた智里の耳に、運転手の声が聞こえた。ハッとして頬杖《ほおづえ》を外す。ボタンを押すと、車内にビーッという音が響いた。

後ろの扉がプシューと開く。ここで降りるのは智里だけ。バスを背に、自宅へ向かう。ここから徒歩五分。大した距離ではない。

大通りをしばらく歩き、コンビニ手前の細道に入る。そこから五百メートルほどのところに、智里の家はあった。茶色を基調とした二階建て高級住宅。ガレージにはB

ＭＷの５シリーズ。何もかも無理して買ったのではないかとこちらが心配するほどだ……。

「ただいま」

扉の鍵《かぎ》は開いていた。音に気づいたのだろう、専業主婦の母智美がエプロン姿で出てくる。夕ご飯を作っていたのだろうか。両手には赤い挽肉《ひきにく》がべったりとついている。

「あらおかえり。テストどうだった？」

帰ってくるなりその質問。智里は、笑みをつくった。

「大丈夫。今回も学年トップ」

その答えに、智美は満足そうに頷《うなず》く。

「あらそう。よかったわね。おめでとう」

「大したことじゃないけど」

サラリとそう言って、智里は階段を上り、自分の部屋に入る。目につくのは勉強机とベッドだけ。ぬいぐるみや飾りものなんて一つもない。そんなガキくさいものなど置いていられない。

学校用の鞄を放り投げ私服に着替える。制服のまま遊びに行く高校生は多いが、智里にはそれが許せない。なぜなら、県内で一番偏差値の高い学校の制服ではないから。ただそれだけ。

何だよ東高かよ、と世間は思っているに違いないのだ。

ジーンズと白いパーカーに着替え終えた智里は、ポケットに財布をしまい、自分の部屋を出る。階段を下り、玄関で靴を履いていると、料理の途中だったはずの母が再びやってきた。

「あら？ どこか行くの？」

遊びに出るとは言わない。

「図書館」

そのほうが母も納得する。

「そう。じゃあ行ってらっしゃい。気をつけるのよ」

「分かってる」

外に出た智里は、玄関が閉まった途端、大きく息を吐き出した。完璧な自分を見せ続けるというのは、本当に疲れる。約束の場所まで、背筋を伸ばして歩いた。

四時五十五分。待ち合わせまであと五分を残し、智里は近くの公園に到着した。ここはブランコと砂場と木のベンチしかなく、あまり人気がない。この日も誰一人、遊んでいなかった。子供はもっとアスレチックが充実している公園に行くのだろう。とりあえず智里はベンチに腰掛けた。お尻にヒンヤリとした冷たさを感じる。

五分はアッという間に過ぎ去る。だが、まだ幼なじみは現れない。何もやることなんて思い浮かばない智里は、いつしか落ち葉を目で追っていた。

「……遅い」

更に十分が経過。ようやく口を開く。一体何をやっているのだ。向こうから誘ってきたというのに。私をこんなに待たせるなんて……。

それからずっと、智里は時計と睨《にら》めっこしていた。だんだん苛《いら》ついてくる。やっぱり帰ろうかと立ち上がったちょうどその時、二十分遅れでようやく彼女が公園に現れた。

「遅いよ！」

怒りをぶつけると、彼女は両手をあわせ、

「ゴメンゴメン。千春たちの話が長くてさ〜、マジゴメン」

と言いながらこちらに歩み寄ってきた。

「全く……なによその格好！」

智里は慌てて周囲に目を配る。大丈夫。誰も見ていない。

「私が誤解されるんだから……」

自分の学校の制服から、どこで仕入れたのだろう他校の制服に着替えている。化粧も派手になっている。金色の髪も、ボンバーヘアーというのだろうか、爆発したような感じ。両耳のピアスも、明らかに先ほどとは違う。控えめだったはずのモノが今はキラキラ光っている。

二年C組で一番出来の悪い生徒、柳沢瑠華のその姿に智里は呆《あき》れる。時間に遅れてやってきたことなど、もうどうでもよくなっていた。

「あのさ、アンタ私といる時くらい、普通にしてくれない？　そんなんじゃ一緒に歩きたくないよ」

思ったことをそのまま口に出す。瑠華が傷つこうが関係ない。が、彼女に落ち込んでいる様子など全くない。

「いいじゃんいいじゃん。むしろこれが普通だって。智里が静かすぎるだけだっつうの！　もっとハジケてみなって！　勉強だけが人生じゃないよ」

お前に言われたくない！　この喋り方も苛々する。ああ、どうしてこんな奴《やつ》と一緒にいるのだろう……。

「つうか、あれ？　菜穂子とかや乃が、まだ来てないじゃん」

「見れば分かるでしょ」

瑠華は眉間《みけん》に皺《しわ》を寄せ、キョロキョロしながらちんぴらのような口調で、

「あの野郎ども、マジおせえな！」

と文句を吐いた。

「何時って言ったのよ」

ツンとしながらそう聞いてみた。

「五時。ちゃんと来いって言ったのにさ」

お前は二十分遅れただろ、とはあえて言わなかった。

「あたしが来る前にちゃんと来とけよな」

瑠華はまだブツブツと言っている。

「電話しなさいよ電話」

智里がそう急《せ》かすと、瑠華は携帯を手に取り、ボタンを押した。

「あ、菜穂子か？　おい、おせえよ！　早く来いよ！　もう待ってんだよ。いいな？　すぐ来いよ」

どうしてこんな不良とつき合っているのだろうと、智里は改めて思った。

柳沢瑠華。彼女とは幼稚園からずっと一緒で、小さい頃はちょくちょく遊んでいた記憶がある。大きな瞳と長い睫毛《まつげ》が特徴的で、鼻や口の形も悪くない。ただ、今は化粧で素顔が分からなくなってしまっているが……。

智里には劣るが、小学生の頃は勉強がよくできた。明るくて、リーダー肌で、運動能力も抜群で、クラスでは人気者。昔から目立つ存在だった。瑠華と友達だと思われても、全く恥ずかしくはなかった。

そんな彼女が急におかしくなりだしたのは高校に入ってからだった。悪い友達の影響で性格がガラリと変わった。口調は乱暴になったし、顔はこんな化け物のようになってしまった。それ以来、成績は急落。留年の危機だと、この前言っていた。当たり前だ。授業をまともに聞いていないのだから。そのことで親が何度も呼び出されている。校則違反だって繰り返している。去年、タバコを吸っているところを見つかり停学処分まで下された。それでも今のままがいいらしい。自分では最高にかわいいコギャルと勘違いしているようだが、この格好を世間がどう思っているのか直接彼女に言って聞かせてやりたい。ショックなんて受けないだろうが……。

こんなふうになってしまった瑠華となぜ今もこうして遊んでいるか……。理由は簡単。彼女が誘ってくるからだ。断ってもかなりしつこい。それは昔からそうだった。

他の子にも。一度決めたら実行しないと気が済まない性質。それが原因で、クラスメイトと喧嘩《けんか》している風景を何度か見たことがある。だからいくら拒《こば》んでも無駄。しまいには家まで押し掛けてくる。それはそれで面倒くさい。そうなる前に、つき合ったほうがマシ。もちろん、歩く時は十歩離れる。学校のみんなは、智里と瑠華が遊んでいることなど全く知らない。この事実がバレてはならない。同級生に一緒にいるところを発見されたら大変だ。無論、世間にだって見られたくないが……。

「菜穂子はもうすぐ着くってさ。あの馬鹿、早くしろっつうの」

「かや乃ちゃんは？」

そう尋ねると、瑠華はベンチに座って答えた。

「もうすぐ来るっしょ。ちゃんと伝えたんだから」

本当に大丈夫か？　と智里は疑う。二人が来るまで離れていたかったので、ブランコに腰掛けて待っていた。

先に公園に現れたのは持田菜穂子だった。慌てて瑠華の元に駆け寄ってきた。

「おせえよ！」

智里にとってはそれどころではなかった。

もういい加減にして！　何、あのだらしない格好は。ブレザーからシャツがダラリと出ているし、短いスカートの下には学校用のジャージを穿《は》いている。靴下は朝からはいていなかっただろうか？　素足に革靴。しかもかかとの部分を踏んでいる。これでは瑠華より酷《ひど》いではないか。この前四人で『バーチャ』に行ったときは休日だった。あの時もかなり恥ずかしい格好だったが、私服のほうが、まだマシだった。

もう目も合わせたくない。本気で帰りたくなった。

「次からは絶対に遅れるなよ」

同い年の瑠華に説教されている。持田は腰を低くしてゴメンを連呼していた。その様子をチラリと見て、すぐに視線をそらした。なぜなら、持田がこちらに向かって走ってきたからだ。

「な、何よ」

近寄らないでよ、というような表情を露骨に浮かべたが、それにも気づかないらしく、持田は迫ってきた。

「ゴメンね智里さん。怒ってる？　許してくれる？」

「分かった！　分かったから！」

そう言うと、持田は満足そうに瑠華のところへと戻っていった。

馬鹿連中……。公園に来てから、何度ため息をついたろう。

持田菜穂子。二年A組のダメ生徒。どうして東高に入れたのか、未《いま》だ疑問だ。瑠華と同じく、高校からおかしくなったタイプだろうか。

髪型も変だ。ウサギの耳を意識しているのか、長い髪を頭のてっぺんで二本に束ねている。瑠華と同様、素顔は分からない。昔の彼女を知らない分、本当に謎《なぞ》である。しかし、弱々しい表情をしているのは確かだろう。背は小さく、百五十五センチもない。身体《からだ》は細め。体重とは関係ないだろうが、かなりの運動音痴。体育はA組と合同で行うのだが、動きがトロいといつも瑠華に叱《しか》られている。そのたびにぺこぺこと頭を下げている。

彼女が瑠華の子分的存在になったきっかけはよく知らないが、とにかくいつもくっついて歩いている。金魚の糞《ふん》とはこのことだ。ただ困るのは、瑠華と幼なじみというだけで、私にも丁寧《ていねい》に接すること。学校で顔を合わすたびに挨拶される。人がいないところで一度きつく注意したのだが、すっかり忘れてしまっている。これだけは本当にやめてほしいと思っている。

二人が、こちらにやってきた。智里は身体を横に向ける。

「かや乃、マジ遅いな。何やってんだろうな？」

「私が知るわけないでしょ。何か用ができたんじゃないの？」

別に、かや乃には怒っていない。彼女は素直で本当にいい子だから。誰かと違って。

「心配だね」

本当にそう思っているのか？　と聞きたくなるくらい持田の台詞《せりふ》には感情がこもっていない。

「家に電話してみっかな」

そう呟き、瑠華は携帯を耳に当てた。だがどうやら出ないらしい。

「まだ学校か？」

そう言って、ボタンを押して切った直後、中学の制服姿で、かや乃が下を向いて公園にやってきた。智里はブランコから降りて、彼女を迎える。

「遅かったね。心配したよ」

優しい言葉をかけてやる。だが、かや乃は何も答えない。瑠華が怖いのか。それとも責任を感じているのか。

「おい」

文句を言われる前に、かや乃は小さく謝った。

「ゴメン……」

「何やってたんだよ。何分待たせてると思ってんだよ」

「ゴメン……」

「謝ればいいってもんじゃないだろ」

見ていられなかったので、智里が止めに入った。

「もういいでしょ。かわいそうだよ」

「智里がいいなら許すけどさ」

公園内に、気まずい空気が流れた。どうして私が気を遣わなきゃいけないのよ、と智里は肩を落とした。この連中とつき合っていると本当に疲れる。

それにしてもこの二人……。

智里は瑠華とかや乃を見比べる。

本当に姉妹だろうか？　かや乃は現在、中学三年生。受験を控えているというのに、馬鹿連中につき合わされている、かわいそうな子だ。外見も性格も姉とは正反対。髪型はおかっぱ。垂れ気味の太い眉と自信がなさそうな目。そして下がった口。弱々しいタヌキのような顔をしている。表情には力がなく、泣いているのではないかと心配になるくらいだ。

無口で臆病《おくびょう》なところも昔から変わらない。智里でさえ、大人しすぎると思うほどだ。

姉妹なのにどうしてこうも違うのだろうと、会うたびに疑問に感じる。とにかく自己主張を全くしない子で、いつも瑠華に頼っている。勿論、いいところだってある。心は純粋でキレイだ。が、もう少し自分に自信を持ったらどうだろう、と智里は考えている。だから学校で、イジメられてしまうのではないだろうか……。

実は智里がかや乃に優しく接する理由はそこにあった。瑠華から聞いた話なので、どこまで酷いのかは知らないが、学校では毎日辛《つら》い目にあっているらしい。助けてあげなよと前に言ったが、自分で解決しないとダメ、というのが瑠華の考えだ。確かにそうだが、かや乃が心配なのも事実だ。智里にはどうしてやることもできないが……。

「で、瑠華さん」

子分の持田が口を開く。

「今日は？　どうするの？」

「このメンバーだよ？　決まってるだろ。『バーチャ』だよ」

「なるほど！」

持田は人差し指をピンと立てた。

「ていうか、学校でそう言ったろ」

「そ、そうだっけ……」

『バーチャ』に行かないならここに来る意味ないし、と智里は思う。

「場所はどこにするわけ？　またこの前のゲームセンター？」

智里がそう尋ねると、瑠華はにやっと笑った。

「それが、いいところ見つけたんだ。『バーチャ』専門店。今なら二千円でプレイできるらしいよ」

「え？　どこどこ？」

突然、犬のように瑠華に迫る持田。

「駅の裏なんだけど、真っ直ぐ行ったところにコンビニあるじゃん？」

智里は頭の中で思い描く。

「ああ。あれね」

「そこのすぐ近く。行けば分かるって」

智里は、興味なさそうに頷く。

「ふ〜ん。で、コースは？」

ここが最も重要なところ。智里的には、どれを選んでも別にいいのだが。

まずは持田が意見を述べた。

「やっぱり『A』にする？　この前、クリアできなかったし。リベンジってことで」

頭をボリボリと掻《か》きながら瑠華は悩む。

「違うコースをやってみたいっていう気もするんだけどな〜」

「だよね〜」

「とりあえず、そこへ行ってから決めればいいんじゃないの？」

横から入り込む智里。そう言わなければずっと同じ会話を繰り返していそうだったので。

「そうだな。じゃあ、行こうか！」

瑠華が歩きだした途端、ずっと下を向いたまま黙っていたかや乃が口を開いた。

「お、お姉ちゃん」

「あ？　何？」

「私……お金ないけど」

瑠華は、ウザイというような表情をする。

「あるから大丈夫だよ。バイトの給料が出たって昨日言ったろ？　いいからついてこいよ」

「う、うん」

瑠華が乱暴なのか、かや乃が情けないのか、よく分からなくなってきた。

「とにかく今日はクリアするぞ！」

瑠華が気合いを入れる。四人は『バーチャ』専門店へと向かった。


四人が初めて挑んだ『Aコース』。最初は戸惑いの連続だった。目を開けると、自分が全く見覚えのないところにおり、呼吸も、身体の動きも現実と全く変わらない。自分自身は、ゲームセンターにいるというのに。混乱するのも無理はなかった。

そして、どういう仕組みになっているのか、どこへ行ったらいいのか、智里たちはただウロチョロしているだけだった。

設定は火事が起きている昭和六十一年の産婦人科病院。そこで九つのボタンを探し、脱出するというのがクリアの条件だった。しかし、邪魔をする敵。大きな刀を持ち、鎧《よろい》を身につけた大きな侍骸骨《さむらいがいこつ》が現れ、智里たちの行方を阻んだ。そして店員の説明になかった謎の女と子供の登場。それらに惑わされ、智里たちは予想以上に苦戦した。

なぜなら、怖《お》じ気《け》づいたかや乃が開始五分ほどでいきなりリタイアし、終盤まで一緒だった瑠華と持田も、敵にやられてゲームオーバー。一人になってしまった智里は、燃えさかる病院内を必死に駆け回り、数字の書かれたボタンを順番に押していった。

そして8まで進み、最後の9を押せば脱出成功だった。しかし、あと一歩のところで惜しくもタイムオーバー。病院は全焼し、そこでゲームは終了となってしまった。全ては瑠華と持田のせいである。倒せるはずもない敵を必要以上に攻撃し、時間をかけていたからだ。しかし、今更どうこう言っても始まらない。負けず嫌いの智里はリベンジを決意した。次にどのコースを選んだとしても、絶対にクリアすると誓ったのだった。

3

瑠華を先頭に、四人は『バーチャ』専門店へと向かう。勿論、智里は瑠華と持田から何十歩も離れて歩く。かや乃は、二人の後ろにピッタリとくっついていた。相変わらず大人しい。騒いでいる瑠華と持田の輪に入っているのが不釣り合いだ。

「マジでマジで！　点数やばいって！　留年するかもしれないし！」

「まだ大丈夫だよ。私、瑠華さんより点数低いんだから！」

二人の大きな笑い声がこちらにまで聞こえてくる。

他人の視線が気にならないのだろうか。ジロジロ見られているのに何も感じないのだろうか。これだから今時の高校生は、と思われるのが嫌だった。瑠華があんなふうでなければ、堂々と歩けるのに……。

駅の裏に回った四人は、目印のコンビニを通り過ぎる。

「もうすぐだよ」

瑠華の声に、表情には出さないが、智里の心は躍っていた。あの迫力、興奮をまた味わえる。疲れるだけの現実から抜け出せる。

「ほら。あれだよ」

瑠華が前方を指さしたのは、それからすぐのことだった。美容院や若い子向けのブティックが並ぶ、比較的栄えた道路沿い。こんなところに専門店ができたんだと、智里は思わず歩く速度を上げてしまった。冷静に、落ち着いて……。

智里の目に、看板の文字が飛び込んできた。

『バーチャ専門店・バーチャランド』

この店の店長が考えたのだろうが、それにしてもセンスが悪い。もう少しまともな名前は思い浮かばなかったのだろうか。別にどうでもいいが。

何であれ文句をつけるのが智里の癖になっていた。

店の前で立ち止まる四人。この時だけは、瑠華と持田の側《そば》にいた。

店内はどうやら地下のようだ。コンクリートの壁に挟まれた狭い階段。明かりで照らされているので、ちゃんと扉も見える。智里の胸の高鳴りは最高潮に達していた。

「よしみんな。準備はいいか？」

「オッケイ！」

瑠華の言葉に、持田は甲高《かんだか》い声を出した
「おい、かや乃。お前もちゃんと気合い入れろよ！」

「う、うん……」

一応頷いてはいるが、こんな調子で大丈夫だろうか……。

「じゃあ、行こう！」

瑠華の合図で、四人は階段を下り始めた。一番後ろにいた智里は、深呼吸をして表情を引き締めた。

瑠華が鉄の重そうな扉を開き、一人ずつ順番に明るい店内に入っていく。四人は赤い制服を着た若い店員に迎えられた。メガネに短髪。背が高くて、まあまあ格好よかった。

「いらっしゃいませ」

さわやかな営業スマイル。智里は、店内を見渡した。この前のところと造りはほぼ同じ。中心には大きな丸い銀の鉄柱に、イス取りゲームのような配置で、座る場所が六つ用意されている。同じく、イスの上には天井から吊《つる》された管のついた白いヘルメット。周りは全て機械だらけ。放送室に置かれているような機材がずらりと並べられていた。その側にもう一人の、背の低い長髪の店員がいるが、彼があそこで色々調節するのだろう。

「いらっしゃいませ。今日は、何名様ですか？」

四本の指を立てる瑠華。

「四人だけど」

友達じゃないんだからタメ口はやめろ、と智里は注意しそうになる。しかし店員は、年下の女子高生に生意気な口を利《き》かれようと笑みを崩さなかった。

「かしこまりました。『バーチャ』は今日が初めてですか？」

「いや、この前やったんだけどさ」

「そうですか。ちなみに、コースは？」

「『Aコース』。でもさ、あたしら四人、惜しいところで全滅しちゃってさ、結局クリアできなかったんだよね」

店員は、ハハハと穏やかに笑う。もう一人の店員も、微笑《ほほえ》んでいる。

「そうですか。それは残念でしたね」

「だからさ、今日はリベンジってわけ」

「ということは、今日も挑戦するのは『Aコース』ですか?」

四人は顔を見合わせた。

「どうするよ?」

「私は別に、何でもいいけど」

智里は興味なさそうに答えたが、思わず本音が出てしまった。

「でも、せっかくだから違うコースにしたら?」

正直、違うスリルを味わいたかったのだ。

「そうだよね。そのほうがいいかも」

持田も乗ってくる。

「じゃあ、そうしようかな」

店員に向き直り瑠華はそう言った。

「では、新作に挑戦してみてはどうですか?　なかなか面白いと思いますよ」

智里は、予想外の言葉につい反応してしまった。

「新しいのが導入されたんですか？」

「ええ。三日ほど前に。『Fコース』です。おすすめですよ」

「内容は？」

と質問する瑠華。

「お客様がプレイした『Aコース』よりも、シンプルな作りになってます。時限爆弾がセットされた美術館に忍び込み、イタリアの有名な画家バッジスの最後の作品『手をつなぐ二人』という絵を盗み出すゲームです。制限時間は六十分。それまでに絵を盗み、脱出することができなければ、ゲームオーバーとなります」

「敵は？」

智里が気になっていたことを、瑠華が聞いてくれた。

「もちろんいます。今回、敵は館内にいる警備員となっています。逃げればよかった『Aコース』とは違い、見つかって捕まった時点で終了となってしまいますので、気をつけてください」

「『A』とは全然ジャンルも違うし、なかなか面白そうじゃん」

持田はすでに興奮気味だ。

「どうしましょう？　もちろん、他のコースも用意しておりますが」

「じゃあ、せっかく新しく導入されたってことで、『Fコース』やってみっか！　どうよ智里は？」

いいと思う。今回も熱くなりそうな気がする。

「私はいいわよ」

「かや乃、いいな？」

「う、うん」

かや乃は相変わらず自信なさそうに頷く。

「じゃあ、決まり。お兄さん、『Fコース』にするよ！」

「かしこまりました。それでは、難易度はどれにしますか？　イージー、ノーマル、ハードとありますが」

「どう違うの？」

「『Fコース』では、制限時間が異なってきます。先ほど僕が言ったのはノーマルの設定になっています」

四人は、そこでも悩んだ。この前はハードを選んでゲームオーバーになった。そのことが一番大きかった。

「じゃあ、ノーマルでいいよ。武器とかは持てないの？」

瑠華のその問いに、店員はもったいぶって言った。

「もちろん持てます。ですが、その銃では敵は倒せません」

「どういうこと？」

店員は、ニヤニヤと笑う。

「へえ。お楽しみってわけか」

「そういうことです。ゲームで確かめてみてください。では、『Fコース』、ノーマルでよろしいですね」

「オッケイ！」

瑠華の威勢のいい声が店内に広がった。

それとは裏腹に、店員の事務的な言葉が続く。

「では、最初にお会計をお願いします。オープン記念で、一人二千円となっているのですが、よろしいですか？」

一気に現実に引き戻された感じがした。だがこれは仕方ない。智里は財布から千円札を二枚取り出し、店員に支払った。

「確かに頂戴いたしました。それではみなさん、こちらへ」

四人は、見慣れたイスの前に移動させられる。

「お好きな順番に座ってください」

瑠華と智里の目が合う。

「どうするよ？」

「別に誰がどこに座ったっていいでしょ。順番なんて関係ないんだから」

「じゃあ、あたしが最初に座るよ」

どこでもいいだろう、と智里は思う。早くプレイしたい気持ちで一杯だった。

時計回りに持田、かや乃、智里の順でイスに腰掛けた。

「では準備しますので、そのまま動かないでくださいね」

機械をいじっているもう一人の声がした。四人の手足はベルトで固定された。胸がドキリと反応する。

「頭も動かさないでくださいね」

指示どおり、智里は微動だにせず、準備が整うのを待っていた。

全員の頭に、ヘルメットがおりてくる。頭に被《かぶ》せられた途端、智里は息をのんだ。

もうじき、ゲームが始まる。

「少し痛いですが、我慢してくださいね」

まるで看護師が注射をする前のような言い方だった。

分かってる。それも経験済みだ。

間もなく、後頭部の辺りがチクリと刺激された。

「痛い！」

「あ！　そのまま動かないでくださいね」

叫び声を上げた持田は、すぐさま店員に注意された。

「馬鹿。じっとしてろ」

「ゴメン」

瑠華の怒鳴り声を聞きながら、緊張感をぶち壊すのはやめてくれ、と智里は心の中で訴えた。

背の高いメガネの店員が、こう言った。

「ゲームの準備が整いました。間もなく、スタートいたします。目を瞑《つむ》って、肩の力を抜いて楽にしてください」

その言葉で、瑠華、持田の口が塞《ふさ》がった。静まり返る店内。智里は、ゆっくりと目を閉じた。

「それでは、新作『Fコース』をお楽しみください」

4

「お〜い智里〜、もう大丈夫だぞ〜、準備オッケイだぞ〜」

ハッと目を開けた時には、目の前に瑠華がいた。顔の前で手を振っている。智里は木々に囲まれた道にいた。既に設定場所に移動しているにもかかわらず、ボーッとしていた。初めてプレイした時と同じだ。あまりに妙な感覚だったので、反応が遅れてしまったのだ。今回も、まるっきり一緒だった。アヒル座りしていた智里は急いで立ち上がる。真夜中の設定らしい。空は真っ暗。離れたところに、建物のてっぺんが見える。あれが、これから忍び込む美術館か。館内からゲームが始まるのではなく、侵入するところからとは、なかなかいい雰囲気が出ている。気分はルパン三世？　キャッツアイ？

智里は、両手を動かす。二度目なので分かってはいるが、現実とまるで変わらない。この感覚、どれほど待ちわびたことか……。

智里は緊張を隠せなかった。ゲームとはいえ、失敗はもう許されない。必ずクリアしてみせる。狙いは、バッジスの作品『手をつなぐ二人』。

「おい。お前もいい加減ビビッてないで目ぇ開けろ！」

目を閉じているかや乃のほっぺたを瑠華が叩《たた》いた。そして強引に立ち上がらせる。一度目の時もそうだった。怖がって、瞼《まぶた》を開けようとはしなかった。戸惑いはあっても、そんなに恐れることはないと思うのだが。

「ほら！」

ようやく目を開けたかや乃が、ホッと息を吐いたのは気のせいだろうか。

ゲーム内に入り込んだということで、瑠華と持田は興奮しながらお互いの服装を見合っている。かや乃は指と指をモジモジとさせながら俯《うつむ》いていた。智里は自分の格好を確認する。『Aコース』とまるっきり一緒の迷彩服。勿論、みんな同じ。軽くて動きやすい。しかも格好がいい。これが一番だ。

右腕の袖《そで》をめくると、液晶画面のついた電子機器が巻きついている。他の三人の色はまだ分からない。智里は赤。黒いボタンはリタイアを意味している。誰かがリタイア、もしくはゲームオーバーになった時のために色を確かめる必要がある。が、そんな悠長に打ち合わせをしている暇はなかった。智里は、重要なことに気づいて、驚いた。それは、液晶の数字の動き。既に、タイムアップまでのカウントが始まっているのだ。一秒、二秒と減っている。

あと、五十八分。

そうと分かれば迅速に行動しなければならない。こんなところで立ち止まっている場合ではない。まだ二分しか経っていないが、戦いはとっくに始まっているのだ。建物に設置されている時限爆弾が爆発する前に、ミッションをクリアしなければ。

「慣れたとはいえ、やっぱり『バーチャ』凄いわ。マジやばくねえ？　超リアルだよなこれ」

「やめられないよ、マジで」

危機を感じている智里とは裏腹に、瑠華と持田はまだぺちゃくちゃと喋っている。これから美術館に侵入するというのに、全く緊張感がない。気持ちを切り換えろ！

智里は二人に歩み寄り、自分の電子機器を押しつけるようにして見せた。

「いい加減にして」

夜の設定なので、ついヒソヒソ声になってしまう。

「どうしたんだよ智里？　カリカリしちゃってさ」

瑠華の手が肩に置かれる。智里は眉間に皺を寄せ、すぐに振り払い、改めて電子機器を確認させた。

「これを見てこれを！　もうカウントされてるのよ！　喋っている暇はないの！　分かる？」

そう言っても、二人は慌てる様子を見せなかった。

「大丈夫だって。まだ時間あるって。落ち着いていこうよ落ち着いて」

「そうだよ〜、智里ちゃんはすぐに慌てるんだから。悪い癖だよ」

自分より遥《はる》かに能力が下の持田に言われるとかなり腹が立った。

「いい？　この前私たちは失敗してるのよ。タイムアップで。どうして学習しようとしないわけ？」

ついつい興奮する智里。瑠華の手がまた伸びてきた。

「まあまあそう怒らず。早く行きたい気持ちは分かるけどさ、確かめておかなきゃいけないことがもっとあるんじゃないの？　一人ひとりの色とか……そうそう、武器とか」

瑠華にしては鋭かった。そのことをすっかり忘れていた。智里は腰に手を当てる。すると、鉄のかたまりに触れた。スッと抜き取ってみる。

「『Aコース』と形が違うわね。これで敵を倒すってわけね」

回転式の銃ではなく、『Fコース』ではハンドガンだった。重さは大体一緒。弾の数も同じだろうか。どうやって調べるのだろう。

「ほら智里。ここにも」

瑠華に顔を向けた途端、あまりの眩《まぶ》しさに目を閉じた。

「な、何するの。やめなさいよ」

そう叫ぶと、光が消えた。瑠華はクスクスと笑っている。

「何って、懐中電灯だよ。右のポケットに入ってるよ」

教えられていると思うと悔しかった。

「し、知ってるわよ」

右のポケットにこっそりと手を突っ込む。細長い鉄の棒が当たる。負けたみたいなのであえて取り出しはしなかった。すぐに話を切り換える。

「それより、アンタたちは何色なのよ。別に頼りにしてないけど」

瑠華が袖をめくって確認した。

「あたしは……青」

「私は緑～」

智里は頭にインプットする。

「それで」

ずっと俯いているかや乃の顔を覗《のぞ》く。

「かや乃ちゃんは、何色だろう？」

子供に話しかけるように優しく問いかけると、かや乃はゆっくりとした動作で腕の電子機器を確かめる。そして、小さく口を開いた。

「黄色……です」

「そ、そう。ありがとう。分かった」

智里は無理に微笑んでから、二人に向き直る。スイッチを切り換え、険しい表情に戻す。

「これで準備は整ったわね。行くわよ」

「了解です、智里隊長！」

瑠華がダラリと敬礼した。

「もう！　ふざけないで！」

持田はゲラゲラと笑っている。かや乃は相変わらずボーッと突っ立っている。チームが悪すぎる、と智里は改めて思った。もっと戦力になる人間を選びたい……。

呆れられているのにようやく気づいたか、急に瑠華の顔が引き締まった。

「おふざけはここまでにして、そろそろ行こうか」

真面目《まじめ》に行動してくれればいいのだが……。

「オッケイ！」

持田は威勢よく、空に右手を伸ばした。

「おい行くぞ、かや乃」

姉の命令にかや乃がゆっくりと頷く。

ようやく四人は動きだした。それはゲーム開始五分後のことだった……。

5

木々に囲まれたクネクネとした細い道を、四人は瑠華を先頭にしてそっと歩いていた。今は建物のてっぺんだけしか見えないが、確実に近づいている。馬鹿コンビも、さすがに口を閉じていた。自分が主役だと思い込んでいる智里はゴクリと唾《つば》をのむ。

そして静かに大きく息を吐き出した。

建物を遮っていた大きな樹を抜けると、真っ白な美術館が目に映った。横に広い四段の階段を上がると入り口となる。両端には、石で作られた置物がある。

「あれか……」

瑠華が呟く。四階建ての美術館は、まるで教会のような形をしていた。まだ五十メートルほど離れているのでよくは分からないが、かなり大きな部類に入るのではないだろうか。これまでの人生、あまり美術館に行ったことがないので分からないが……。各階に窓があり、全て赤っぽいカーテンが閉まっている。舞い上がっているせいか、それだけでも厳重そうに見えた。緊張感がグッと高まる。

「おい、相当古い感じがするな」

「そうね」

瑠華と普通に会話を交わしていた。学校では絶対にありえない光景だ。無意識のうちに友達のように接していた。

「もしかしてよ、また昔の設定なんじゃないのか？」

「ありうるよね〜」

持田は答えたが、その考えは合っているかもしれない。『Aコース』は昭和六十一年の設定だった。あの時は混乱してしまったために、その意味がよく分からないままゲームオーバーになってしまったのだが……。

「よし行こう」

歩みを再開させた瑠華の手を、智里は慌てて引っぱった。

「な、何だよ」

智里は咄嗟《とっさ》に人差し指を立てた。

「静かに！」

「どうしたんだよ」

瑠華が囁く。

「入り口をちゃんと見て！」

そう促すと、瑠華、持田、かや乃は同時に建物の入り口に目を向けた。そこには、微動だにせずビシッと立っている警備員の姿があった。早速、敵が配置されていたのだ。

「うわ。いきなりかよ」

持田は過剰に反応した。

「簡単に行けたらつまらないでしょ。でも……どうしよう」

すぐに武器のことが智里の頭に浮かんだ。が、いち早く銃を取り出したのは瑠華だった。まあいい。早めに弾をなくならせておけば、この前みたいに自分勝手な行動はするまい。智里は自分の銃をスッと引っ込める。

「あたしに任せな」

「瑠華さん大丈夫？」

持田の口を手で塞ぐ瑠華。

「いいから黙ってみてろ。って言いたいけど、もう少し近づこうか」

さすがに五十メートル近く離れた場所から命中させる自信はなかったようだ。四人は気配を消して美術館に近づいていく。当然、敵に気づかれてはいない。

木の陰から顔を覗《のぞ》かせる四人。二十メートルほど手前までやってきた。

「よし。見てろよお前ら」

そう言って、瑠華は両手で銃を構える。智里は敵をじっと見据え、固唾《かたず》をのんだ。彼女はターゲットに集中し、狙《ねら》いを定める。右手人差し指が、引き金にかかった。

パン、という大きな音ではなく、プシュンという静かな音とともに弾が放たれた。しかし、手元が狂ったのか、狙いが外れた。どこに弾が当たったのかは分からないが、突然の物音に異変を感じた敵は辺りを見回し始めた。

「馬鹿！」

小声で叱る智里。

「何やってんの瑠華さん」

「うるせえうるせえ。早く仕留めないと敵にバレちまうだろ」

そう言って、慌てて二発目を放った。しかし、敵を仕留めることができない。

「もう！　何やってんのよ下手《へた》くそ！」

このままでは早くもゲームオーバーになってしまうと、急いで銃を取り出した智里は、銃口を敵に向けた。

プシュン。智里の放った弾は、見事、敵に命中した。相手は腕の辺りを押さえ、バタリと倒れ込んだ。

「さっすが智里さん」

すかさず持田に褒められる。

「な、なかなかやるじゃん」

瑠華の顔は引きつっていた。

「当然でしょ。銃の扱いは『Aコース』でとっくに慣れてるわよ。あんなの外してどうすんのよ」

口ではそう言ったが、内心、うまくいってよかったと安堵《あんど》していた。

電子機器のデジタル時計はコンマ刻みで進んでいく。

「さあ行くわよ」

先頭に出た智里は三人を手招きする。四人は忍者のように身を低くして美術館に近づいていった。

階段を上がり、入り口手前までやってきた智里たちは、グッタリと倒れている敵に目をやり、自分たちが持っている武器の意味をようやく知った。敵にはまだ、息があるのだ。店員がお楽しみといったのはそういうことか。

「……麻酔銃」

瑠華が呟く。

「そうみたいね。今回、敵は倒せるけど、復活する仕組みになっているのよ。結局、この前と同じで無敵ってわけね」

「じゃあ早くしないとやばいんじゃん？」

焦る持田の隣で、かや乃はずっと敵を見つめている。

「起き上がってこないうちに絵を盗み出さなきゃ」

智里は二人にそう言い聞かせて、入り口の茶色い扉に手をかけて強く引いた。しかし……。

「あれ？　あれ？」

「どうした？」

全く開かない。引いても押しても無駄だった。

「どうなってんのよ」

ガタガタと扉を揺らしながら、智里は思考を巡らせた。ここからではなく、裏から入らないといけないのだろうか？　時間ばかりが過ぎていく。

「早くもピ〜ンチ」

軽い口調でふざける持田を、智里は一瞬、睨みつけた。この役立たずが！

「どうするよ」

瑠華の問いかけにも答えられず、ただただ焦るばかりだ。するとかや乃が、倒れている敵を指さした。

「鍵……」

その言葉に敵の腰を見ると、上着で隠れていてよく分からなかったが、銀色のモノが顔を覗かせている。智里は急いで屈《かが》み込み、そこからいくつもの鍵のついたホルダーを手にした。

「よく見つけたわね、かや乃ちゃん。二人よりよっぽど役に立つわよ」

と嫌味を言ってやった。するとかや乃は、ほんの小さな笑顔を見せた。それが気にくわなかったのか、瑠華にすぐ注意された。

「調子にのるなよ」

智里は十個ほどある鍵を一つひとつ試していく。六つ目で、ようやく「ガチャ」という音がした。

「開いた……」

智里はホッと息を吐き出した。

「よし、開けるぞ」

瑠華が扉に手をかけて、恐る恐るゆっくりと引いていく。外の微《かす》かな明かりが、暗《くら》闇《やみ》の館内に差し込む。赤い絨毯《じゅうたん》が、一直線に続いていた。

「行くぞ」

一番最初に足を踏み入れたのは瑠華、続いて持田、かや乃、智里の順だった。

『Fコース』。バッジスの『手をつなぐ二人』を求め、四人はようやく第一段階である侵入に成功。ゲームは本編に突入した。

重い扉が、ガタンと閉まる。館内は再び暗闇に戻った。電子機器は、残り四十八分を示していた。

6

「おい、懐中電灯、懐中電灯」

瑠華の慌てた声に、智里が前方を明かりで照らす。三人も、自分の懐中電灯を手に取った。一直線に延びている赤い絨毯。光が反射して、派手なシャンデリアが一定の間隔で取りつけられているのも分かる。木でできている薄茶色の壁には、神秘的な模様が描かれている。宮殿を意識したような美術館。外装は古くさいが、中はとても綺《き》麗《れい》だ。『Fコース』がいつの時代設定なのかは、もう気にはしていなかった。

すぐ先は大広間か？　その手前には洋風の衝立《ついたて》が置かれている。四人が今いるすぐ横には、ベージュ色の大きな扉があった。この奥は部屋だろう。鍵がかけられているが、まさかお目当ての絵があるとは思えなかった。

「ここ、開けるわよ」

智里は念のため入ることにした。敵から手に入れたいくつもの鍵が連なったホルダーをポケットから出し、適当に穴に差し込んでいく。

「なんか緊張するね〜」

「ああ……それよりも、かや乃」

突然、瑠華の口調が厳しくなる。

「な、なに？」

「お前な、ビビッてリタイアしたら今度こそ許さないからな。いいな？　次は説教じゃ済まさないぞ」

アンタにも言いたいことはたくさんある、と智里は思った。鍵を開けることに夢中になっていたので、口には出さなかったが。

「わ、分かった……」

そう答えるしかないのだろう。かや乃には反論する勇気などない。

カチリ。見事三つ目で成功。しゃがんでいた智里は立ち上がり、ドアノブに手を伸ばし、扉を押した。懐中電灯で照らしながら、智里を先頭に四人は部屋の中に入った。

「何だ？　ここ」

ぐるりと辺りを見回して持田が言った。智里はあちこちに懐中電灯を向ける。

八畳くらいある部屋には、絵はがきや写真。そして、様々な画家に関する本ばかりが並んでいる。売りものだろうか。同じものが何冊も置かれている。ここにいても意味はないと、智里は判断した。

「ここは、関係ないみたいね。次に行きましょう」

部屋を出ようとしたが、瑠華と持田はいつまでも中にあるものをいじっている。

「二人とも早くして。時間ないんだから」

小さな声で叱って、二人の顔にワザと明かりを向ける。眩しいよ、と言いながら瑠華と持田はダラダラと部屋から出てきた。

「もっと迅速に動いてくれる？」

そう説教すると、瑠華は退屈そうにこう言った。

「だってさ、全然スリルが感じられないじゃん？」

その発言に、智里は呆れてしまった。

「スリルを求めるのもいいけど、本当の目的は違うでしょ？　私たちは絶対にクリアしなきゃいけないんだから」

「まあ……そうだけどさ」

納得したような言葉とは裏腹に、顔は不満そうだ。が、いつまでもこんなやり取りなどしていられない。それこそ時間の無駄である。放っておくことにした。

四人は、足音を立てないように前に進み始める。右に、トイレに行く通路があるが、これは無視。

やがて先ほどの部屋の三倍以上はある大広間にやってきた。クリーム色の壁には、数多くの作品がかけられている。

ここにあるのが、バッジスの絵？　少しの期待を胸に、智里は懐中電灯を向けた。しかしそう簡単にはいかなかった。透明のガラスケースの中に、白黒の写真が収められている。ほとんどが外国の老人の顔。それぞれ人物は違うが、みんな笑っている。その他には……。

犬と睨めっこしている黒人の少年。

自分の髪の毛をいじる白人の少女。

ソファに座って身体を寄せ合う若い夫婦などがあった。

これは誰の作品だ？　バッジスの作品でないことは確かだった。

「これ……絵じゃないよねえ？」

そう言っても、瑠華と持田から返事はなかった。全く興味がないのだろう。つまらなさそうにぶらぶらしている。しまいには懐中電灯をお互いの顔に向け合って遊びだした。

「そ、そうですね……」

そんな二人を見て、かや乃が気を遣って答えた。智里は肩をすくめてとりあえず大広間を一周してみる。が、やはり全て写真だった。作品の下の解説には目もくれなかった。絵画でないことが、ここまではっきりしているのだから、作者を調べる必要もないだろう。

瑠華と持田はまだ遊んでいた。作品に手を触れないでくださいと書かれている文を無視して触りまくっている。

全く、やることが子供なんだから。

「次行くわよ、次」

瑠華と持田を引き連れるようにして大広間を抜け、再び廊下に出た智里は、向かって左の部屋に入った。そこは十五畳くらいの広さで、先ほどと同じように壁に作品がかけられている。懐中電灯を向けた智里は肩を落とした。まただ。ガラスケースの中に収められているのは白黒の写真。今度は風景ばかり。全てを確認するまでもなかった。

「ない……ですね」

残念そうに、かや乃が呟く。

「ええ……」

一階にはないのかもしれない。よく考えてみればそうだろう。いきなりお目当ての絵があるわけがない。そんな簡単な設定のはずがないのだから。

「このコース失敗したのかもな。私たちの出番が全くないじゃん」

「ねえ。超つまんないよね」

瑠華と持田は、早くも文句を言いだした。

だったらリタイアすれば、とは口に出さなかった。

クリアに繋《つな》がる情報すら得られないまま、智里は部屋から出る。集中力が切れた二人も一応ついてきている。一直線の廊下を更に進むと、向かって右方向に、二階へと続く階段がある。一階にもまだまだ入っていない部屋はあるが……。

智里は残りの時間を確かめる。あと四十二分。念のため、他の部屋も全て見ておくか。クリアに繋がるかもしれないし……。

「二階に上がったほうがいいんじゃないの？」

後ろから瑠華の声がしたが、智里は聞き流した。

階段から十メートルほど離れたところに、また部屋がある。今度は向かって右だ。

明かりで前方を照らしながら入っていく。

「何？　ここ」

八畳くらいの狭い空間。中央にはパイプ椅子がいくつも並べられており、前にはモニターがある。ビデオコーナーだろうか。そんな雰囲気だ。無論、この部屋も意味がなかった。

「おいおいマジいい加減にしろって感じだよな。まさかこのまま終わるんじゃねえだろうな」

瑠華が不満を述べる。確かに、静かすぎるが、このまま平凡に終わるとは思えなかった。その予感は、すぐに的中した。

ビデオコーナーらしき部屋から出た智里は、階段とは逆の方向に足を進める。その時だった。プシュンと音がして、天井のシャンデリアが割れたのだ。ガラスを頭から被った智里は、小さな悲鳴を上げ、身を低くしながら急いで視聴覚室に戻る。

何よ何よ何よ！

「お、おい！　どうした！」

突然のことに慌てる瑠華の言葉を遮るように、銃弾が放たれる音が聞こえた。発砲のたびに、智里は肩をビクつかせる。

「聞いてないよこんなの！」

騒いでいる持田の横では、かや乃が耳を塞いで怯《おび》えている。智里はそっと顔を出す。光を当てる余裕などなかったが、ほんの微かに見えた。階段の向こう側に人間がいる。男か女か、判別がつかない。

「……そういうことね」

これが『バーチャ』だ。『Aコース』で言えば、突然現れる子供と自殺する女。ゲームを混乱させるために、店員はあえてプレイヤーには教えない。あそこで動いているのも予期せぬ人物。

「ようやく盛り上がってきたじゃないの！　そうこなくっちゃ！」

瑠華は袖をまくって気合いを入れている。

「やっちゃえ！」

と持田が煽《あお》る。

「どいて」

智里を後ろに押し込み、瑠華が顔を出した途端、再び攻撃を受けた。

「あまり調子に乗らないで！」

そう注意しても、瑠華が聞くはずもない。武器を取り出し、敵に向けるが、発砲できずに顔を引っ込めた。激しい攻撃に撃つ間すら与えてもらえない。瑠華の舌打ちが聞こえる。

「何なんだあの野郎」

彼女が妙に生き生きとしているのは気のせいだろうか？

「絶対にぶっ倒してやる」

「無茶しないで！」

智里の声と同時に、瑠華は顔を出して敵に銃を向ける。しかし……。

「あれ？　どこだ……？　消えた……」

拍子抜けした声。いつの間にか辺りは静まり返っていた。智里と持田も部屋から出る。かや乃だけは中に残っていた。

「チッ！　いなくなりやがった」

悔しがる瑠華の手には、まだ銃が握られている。

「何者？」

持田の問いに、智里が答えた。

「また説明にない人物が登場したのよ。『Aコース』にも出てきたでしょ。今回は男か女か全然分からなかったけど」

「何か意味があるのかな……」

どうだろうか。何か鍵を握っている可能性はある。それともただの妨害？　奴より先に絵を盗まなければいけないというルールにでもなっているのだろうか。

「おもしれえ」

瑠華の上唇がニヤリと上がる。智里の中で、嫌な予感が芽生えた。

「おい、行くぞ菜穂子」

「オッケイ！」

「行くって、どこへ」

「当たり前だろ？　アイツを捕まえるんだよ。このままじゃ納得がいかないし」

「それが目的じゃないのよ」

「分かってるよ。でも、アイツに何かヒントがあるかもしれないし」

それはそうだが。また無意味な行動ばかりとるのでは……。

「じゃあ……絵はどうするのよ」

瑠華は鼻で嗤《わら》った。

「決まってんじゃん。それは智里に任せるよ」

「私一人？」

「大丈夫だって」

瑠華は強引に話を終わらせてしまった。

「ほら！　かや乃も行くぞ！」

そう言うと、なかなか出てこない妹の腕を引っぱり、強引に部屋から連れ出してしまった。

「よし。二階へ行こう」

「分かった」

本気か……この馬鹿コンビ。殺されてゲームオーバーが落ちのような気もするが。

「じゃあ智里、頑張って。また後で合流しよう」

「勝手にしなさいよ」

三人は階段へ向かっていく。おどおどしているかや乃が、少しかわいそうになった。

やがて、瑠華たちの姿は見えなくなったが、階段を上っていくのが音で分かった。

「もう……全く」

さっきみたいに、もしいきなり襲われたらどうしよう。そして一番初めにゲームオーバーになったら……。そう考えると少し不安だった。

「だ、大丈夫よ」

必死に自分に言い聞かせながら、ハッと後ろを振り向いた。周りに光を当てるが、先には何もない。音が聞こえたような気がしたのに。神経が過敏になっているのは、この暗闇のせいよ。『Aコース』の時、一人になっても全然平気だったんだから……。

やっぱり私も二階へ行こうか……。

いやダメよ。もし三人に会ったら、怖がっていると思われる。それだけは絶対にいや。探していない部屋もあるし、もう少し一階にいよう……。

爆発まで、刻一刻と時間は迫っている。智里は、階段とは逆の方向に進んだ。

7

二階にやってきた三人は、青の大理石で作られた丸い形のオブジェの前で立ち止まった。地球をイメージしているのかどうかは、深く考えないことにする。

ここは休憩コーナーとして確保されている場所だろうか。作品があるわけでもないのに、木で作られた一人用のイスが五つほど置いてある。道はここから二つに分かれており、どちらに進んでも展示室になるのだろう。が、そんなことはどうでもよかった。瑠華の気持ちは、先ほどの謎の人物に向いていた。身体がウズウズしている。日常では味わえないこの興奮。だから『バーチャ』はやめられないのだ。

瑠華は、小声で言った。

「よし。さっきの奴を絶対に捕まえるぞ」

「よっしゃ」

興奮を抑えられないまま、ふと見ると、かや乃だけは腕の電子機器をしきりに確かめている。腹立たしくなった瑠華は、懐中電灯の光をかや乃の顔に向けた。

「おい、聞いてるのかよ」

「う、うん……聞いてるけど……時間も、気になって……」

瑠華は馬鹿にしたようにため息をつく。

「おいおいおい。何ビビッてんだよ。これは『バーチャ』なんだぞ？　爆発なんかで怖がってんじゃねえよ」

「そうだけど……」

瑠華は、呆れたように肩を落とした。

昔から妹の性格が大嫌いだった。見ているだけでも苛々する。優柔不断で、何に対しても挑戦しようとはせず、マイナス思考。いつも両親の言いなりだ。自己主張ってものがない。だから学校でもイジメにあうのだ。担任からも見放されるのだ。やられたらやり返せといつも言っているのに、実行しようとはしない。理由は簡単だ。怖いから。もっと酷いイジメにあうのが嫌だからだ。一瞬でもいいからキレてみればいい。生まれて一度も、怒ったところを見たことがない。この先の人生、大丈夫だろうかと心配になるくらいだ。

本当に姉妹なのだろうか？　かや乃はどこからか拾われてきたのではないだろうか。それくらい私たちは似ていない。顔だって、全然違うし……。

まあいい。今は奴を捕まえるのが先だ。かや乃のことを考えている場合ではなかった。

「三人で探したって意味がない。二手に分かれるぞ」

少しの間、無言の時が流れる。

「え？　じゃあ、私が一人？」

自分を指さした持田は、急にテンションが下がる。

「そうだよ。あたしと菜穂子がくっついてどうするんだよ。かや乃一人じゃ何の役にもたたないだろ」

「そ、そっか……」

「何か文句あんの？」

そう言いながら、瑠華は威圧するように一歩近づく。

「ぜ、全然」

「勝手にリタイアしないように、かや乃は私が見る。逃げるなよ？」

かや乃は、怯えながら頷いた。

「……うん」

「よし。じゃあ、菜穂子はあっち。あたしたちはこっちに行くから。絶対に捕まえるぞ。失敗するなよ」

「分かった。じゃあ、また後でね」

「絶対に殺《や》られるなよ」

振り返った持田の顔は、少し引きつっているようだ。

「うん。任せといて」

「ほら、かや乃行くぞ。もたもたしてる暇ないんだからな」

「……うん」

「何だその返事はよ。もっと気合い入れろよ！」

かや乃の背中をバシンと叩く。それでも何の反応もない。

せっかく盛り上がってきたっていうのに。瑠華はため息をついた。

「行くぞ。ついてこい」

瑠華とかや乃は、持田と逆の右方面に進んでいった。


懐中電灯で前を照らしながら、二人はそーっと廊下を歩いていった。いつ敵に出くわしてもいいように、瑠華は腰から銃を取り出した。

「お前もちゃんと準備しとけよ。自分の身は自分で守れ」

現実世界でもだ。そういう意味をこめて言ったのだが、伝わっているだろうか。

「後ろにも気をつけろよ」

「う、うん……」

かや乃は背後を確認したが、そこには誰もいなかった。人の気配もない。ホッと息を吐いて前を向くと、姉は随分先を歩いている。かや乃は不安になって急いで姉にくっつく。

展示室に近づくと、瑠華は壁際に寄った。中の様子を窺《うかが》おうとしたその時、違和感を覚えた。振り向くと、かや乃が袖を摑《つか》んでいる。

「おい！」

小声で注意すると、かや乃は、何？　という表情を浮かべた。

「離せ！　動きづらいだろ！」

どうして怒られているのかようやく気づいたようだ。すぐに袖から指を離した。

「この馬鹿！」

気持ちを切り換えて、恐る恐る展示室を覗いてみる。あえて光は向けず、気配を殺す。しかし、三十畳はあるだろう大きな空間に、敵はいないようだが……。

「ここも違うか」

落胆を隠せなかった瑠華は、

「入るぞ」

展示室に足を踏み入れると、ここも一階と同じく、壁には作品がかけられている。

そのうちの一つを照らしてみる。

これは……油絵ってやつか？

両端に描かれているのは大きな木？　中央には道。分かりにくい作品だ。興味はないが……。

クリアに大きく関わってくる『バッジス』のものかどうかも確かめずに瑠華は歩き始めた。

「行くぞ」

この広い空間は二つに分かれていて、奥にもまだ部屋があった。

絵に集中していたかや乃が急いで瑠華の側に駆け寄ってきた。

「もうちょっと静かに歩け！」

かや乃に注意しながらもう一つの部屋を覗いてみる。いつでも攻撃できる態勢を整えてはいたが、無意味だった。確認できるのは、金色や銀色の額縁に収められている作品だけ。それ以外に何もないスペースには、やはり隠れられるところなどない。

思わず首を傾げてしまう。

「もっとガンガン襲ってこいっつうの」

文句を言って、部屋に入る。前方に廊下へと続く出口があるからだ。勿論、作品には一瞥もくれない。部屋の真ん中を歩いていく。おどおどしているかや乃を連れて。

再び廊下に出た瑠華は、左右を警戒し、左に進んだ。

「ちゃんと後ろも警戒しとけよ」

しばらく間があき、返事が聞こえる。

「……うん」

絶対に見つけてやるぞ、と改めて気合いを入れた瑠華は、と口を開いて立ち止まった。

「あ」

「何だよふざけんなよ……」

この先はトイレになっている。が、念のため調べておくか。

「おい、かや乃」

「な、何？」

「便所見てこい」

すると、想像どおりの情けない声が返ってきた。

「え～やだよ～怖いよ～」

「いいから早く行け！　試練だ！　これは命令だ」

強い口調にかや乃は渋々トイレに入っていった。

それから二分後。早歩きでかや乃が戻ってきた。

「男女両方見てきたろうな？」

そう確認すると、かや乃は小刻みに頷く。

「やっぱ、いるわけねえよな」

それにしてもどこにいやがる。菜穂子のほうはどうだろう。まさか、『Aコース』

の敵が倒せないようになっているのと同じで、絶対に捕まえられない設定になっているんじゃないだろうな。

「とりあえず戻るぞ」

さっさと歩き始める瑠華に、何か意見があるらしく、かや乃が横に並んできた。そしてビクビクしながらこう言ってきた。

「ねえお姉ちゃん」

「何だよ」

「もうさ、絵を探したほうがいいんじゃない？　早くクリアしちゃおうよ」

「絵のことはいいんだよ。智里に任せてるんだから。それに、そんなことしてたって全然面白くないだろ。スリルを感じなきゃこのゲームの意味はないんだよ」

二人は角を右に曲がる。

「……そうだけど……」

かや乃が呟いたその時だった。

「ん？」

瑠華は階段のほうに目を凝らす。今……何か動いたような。一階に下りていった気がするが……。

もしや……いたか！

「行くぞ！」

瑠華は走りだしていた。

「ちょ、ちょっと待って」

かや乃の声など全く耳には入っていなかった。夢中で走っていたのだ。俊足の瑠華はアッという間に一階に通じる階段まで辿《たど》り着き、立ち止まりもせずに下りていく。

数分前にいた場所……。

一階に戻ってきた瑠華は息を切らしながら左右に光を振る。しかし、どこにもいない。なぜだ……。追いついたと思ったのに。それともただの気のせいか……？

「クソ！」

絨毯を踏みつける瑠華。その時、初めて様子がおかしいことに気がつく。さっきまで後ろにいたはずのかや乃が、どこにもいない……。

「あれ？」

いくら待っても階段の音はしない。

「さては逃げたか！」

電子機器を確かめてみる。リタイアは……していない。

「なにやってんだよあの馬鹿！」

瑠華は顔を顰《しか》め舌打ちした。

廊下にベタリとうつぶせに貼《は》りついていたかや乃は、足を押さえながらゆっくりゆっくり立ち上がった。

「あいたたたた……」

何があったのかは知らない。おそらくは狙っている敵を見つけたのだろう。瑠華が急に走りだすものだから足がもつれて転んでしまったのだ。待って、と言った声は聞こえなかったのか、振り返りもせず行ってしまった。

「どうしよう……」

一人になった途端、急に心細くなった。暗い中にいるので余計だった。

「お姉ちゃん……？」

廊下は静まり返っている。

「どこ？」

『Fコース』が始まってから初めての恐怖。さっきまでは瑠華がついていてくれたからよかったものの、一人で行動できるはずがない。トイレの中を見に行くだけでも心臓が破裂しそうだったというのに。身体がどんどん固まっていく。視野が狭くなっていく。両手が震えだす。銃を持つのもやっとだ……。

ずっと両親や姉を頼って生きてきた。甘えているという自覚はある。しかし、自分だけではどうしても自信がない。何に対しても……。

今一番悩んでいるのはイジメだ。死ね、消えろと毎日言われ続けている。上履きを隠されたり、机を廊下に出されたりする時だってある。こんな辛い日々から抜け出したい。姉はいつも、やられたらやり返せ、と言うが、そんな大それたことできるはずがない。味方なんて一人もいないのに。それに、高校へ行けば状況が変わるかもしれないし……。

でも、高校でもイジメられたら……。友達がほしい……。

原因は何だろう。イジメが始まったのは、小学二年生くらいだったか。自分が何かをしたわけじゃない。クラスの男子がちょっかいを出してきたのがきっかけだ。どんなことをされても反抗しないのが悪かった。それから徐々にエスカレートし、中学へ上がってもイジメがおさまることはなかった。

死のうと思ったことは何度もある。だがそんな勇気などない。どうにかしなければならないと分かっているが、そんな強さなどない。

ゲームの中ですら、一人じゃ行動できない……。

かや乃は、恐る恐る袖をめくった。電子機器のリタイアボタンを見つめる。押してしまおうか。そうすれば、この不安を解消できる。しかし、姉との約束がある。何といっても怒られるのが怖い。

あの迫力凄いんだもんな……。かなり迷ったが、やはりリタイアはできないと結論づけた。

だったら姉を探しに行くしかない。動かなきゃダメだろうか？　助けに来てくれないのだろうか……。

「……やだなぁ」

どうしても情けない声が出てしまう。でも、やるしかないか……。

そうだ。ゲームの時くらいはしっかりしよう。と自分にそう言い聞かせるが、しばらくは立ち尽くしたままだった。

「い、行こう……」

前方を照らす。まずは三歩。立ち止まり息を吐く。そして、一気に階段まで行ってしまおうと決意した。

その時。

背後に、気配を感じた。

誰か……いる？

その途端、全身が震えだす。

暗闇の中に、何者かが立っている……。お姉ちゃん？　持田さん？　それとも智里さん？　お願いだから私を脅かさないで……。

そーっと首を後ろに持っていった瞬間、手にあった銃が落ちた。背筋に冷たいものが走る。

「あ……ああ」

声が出ない。覆面を被った全身黒ずくめの敵を前にして、かや乃は身動き一つとれなかった……。

8

真っ暗な廊下に、スーッと光が伸びる。智里は息を殺して進んでいく。突然何かが起こるのではないかと、気が気ではなかった。

三人は今どこにいるだろうか？　突然現れた謎の人物を捕まえたとは、とてもじゃないが思えない。どうせまた好き勝手に暴れているに違いない。最初からあてにしてないので別にいいのだが……。

残り三十五分。ゲームが始まってから早くも二十五分が経過した。確実にタイムリミットは迫っている。それなのにまだ、智里はバッジスの絵どころか、絵画が展示してある部屋すら見つけられないでいた。もしかしたらという思いを捨てきれず、まだ一階にいたのだ。どこを探してもこの階は写真ばかりだった。少しでも情報を得られればよいと思っていたが、手掛かりなし。結局は無駄な時間だった。

この先は行き止まりと分かり、智里は立ち止まった。

いや、違う。真正面に見えるのは、扉のようだ。近づいて扉にはめられたプレートを照らしてみた。

『管理室』

その文字が、智里の疲れを倍増させた。全く作品に関係のない部屋だ。

一階は見尽くしたし、もうそろそろ二階へ行こうか。そう思って振り向くと、目の前に人が立っていた。

「ひっ！」

心臓が破裂するかと思うくらいの衝撃だった。誰かと思いきや、立っていたのは瑠華だった。目と口を大きく開いた智里の顔がよほど面白かったのか、ケラケラと笑いだしている。あまりの屈辱に、智里の頭はカッと熱くなる。

「何するのよ！　人を脅かしてそんなに楽しい？」

真剣に怒れば怒るほど瑠華の笑い声は大きくなっていく。

「ふざけないで！　こっちは遊んでる暇ないんだから！」

「ゴメンゴメン。そんなに驚くと思わなかったからさ」

瑠華はお腹を押さえながら、途切れ途切れにそう言った。

睨みつけながらも、瑠華が落ち着くのを待って、智里は尖った口を開いた。

「で？　二人はどうしたのよ。敵を捕まえてやるって張り切っていたくせに、もう諦《あきら》めたの？」

急に、瑠華が真顔になった。

「それがさ、聞いてよ。かや乃の奴、また逃げやがった」

「は？　どういうこと？」

「敵を追っていて、見失っちまって、気づいたら、かや乃がいなくなっていたわけ」

幼稚園児並みの話し方だったが、言いたいことは何となく分かる。

「またリタイア？」

確認のため、智里は袖をめくって液晶を見た。が、かや乃の黄色は点灯したままだった。

「まだいるようね……」

「あの野郎。見つけたら即説教だよ」

「で、持田菜穂子は？」

「ああ、アイツはいま、どこかで敵を探してるよ。二階で二手に分かれたんだ」

「そう……」

「でさ、智里。一階に、奴、下りてこなかった？」

奴とは、あの謎の人物のことだろう。

「さあ。見てないわよ」

遭遇してたらこんなに冷静でいられるわけがない。

「おっかしいな。やっぱ勘違いしたのかな。あれは絶対にそうだと思ったんだけど……」

「あれって？　見たの？」

「うん。二階でね。一階に下りていったんだ。ねえ、どこにいると思う？」

「知らないわよそんなこと！　自分で考えなさいよ」

「そう冷たくすんなって〜、幼なじみなんだからさ」

そんなの全く関係ない。

「そんなことより、かや乃ちゃんを探してあげたほうがいいんじゃないの」

「それだったら敵を追ってたほうがずっとマシだよ」

「……あっそ。だったら早く捕まえに行きなさいよ」

そうだ。私はこんな馬鹿につき合っている場合じゃなかったんだ。

「それで、どう？　絵のほうは」

まるで他人事《ひとごと》。ミスを指摘されているような感じで腹が立った。

「これから二階に行って探すのよ！」

不機嫌に答え、瑠華をどけて階段に向かう。

「とにかく頑張れよ。クリアできるかどうかは智里にかかってるんだからさ」

後ろから無責任な声が飛んでくる。そして階段の前まで来た智里は、二階へと上がったのだった。

9

どこだ。あの野郎はどこにいる？　さっさと姿を現せ！　正々堂々、この私と対決しろ！

内心ビクビクしているくせに菜穂子はそう繰り返していた。右手に銃、左手に懐中電灯を持ち、足を震わせながら、音を立てないように慎重に歩く。後ろもしっかりと確かめながら。誰もいないと分かるたびに、ホッと胸をなで下ろす。精神的にも疲れる。

瑠華さん、まだ捕まえてないよね……。そんな動き、全くなかったし。まだ、二階にいるのかな。

二人と分かれた菜穂子は、瑠華に言われたとおり二階半分を調べていた。しかし、未だ捕まえることはできない。それどころか、見つけることさえも。気がつけば、任された範囲で確認していないのはあと一部屋になっていた。

壁に貼りつき、展示室を覗くようにして中を確認する。だがやはり結果は同じだった。展示されている数多くの作品は菜穂子の視界には入ってこない。足も踏み入れず、展示室を後にして通路を右に曲がり、真っ直ぐ歩いていく。

ここまで探してもいないのだから、別の階に行ったのだろうか。瑠華さんのためにも、この手で敵を捕らえたい。そうすれば、私の評価も上がる。少しは見直してもらえる。これはチャンスなんだ。一人で行けと言われた時は寂しさを感じたが、それは瑠華さんが自分のことを信頼している証拠では？　だから絶対に期待に応えなければならない。

柳沢瑠華は持田菜穂子の憧れの的だ。厳しい両親に育てられた菜穂子は、小学校の時から勉強づけの日々を送っていた。学校では常に優等生で、テストの点はクラスで一、二番。悪くても三番には必ず入る。学年でトップをとったことだってあるほどだ。ただ、勉強ができる、イコール頭がいいというわけではない。まさに自分がそれだった。常識がないというか、どこか抜けているといった感じ。普段の生活に満足していないわけではないのに、なぜか不良になりたいという願望を抱いていた。ワイドショーの街頭インタビューなどに映っているそういう子たちを見て、楽しそうだなと思っていた。

高校に入り、その夢が叶《かな》った。体育館裏に溜まっている不良グループを陰で長時間観察していると、運悪く、そのうちの一人に見つかってしまった。それが瑠華だった。厳しい目つきで迫ってくる彼女を凝視しながら、絶対ボコボコにされると覚悟していたのだが、意外な方向に話は進んでいった。

「何か用？」

それが第一声だった。見た目よりは怒っていないという印象だった。何も答えられずにいると、瑠華はこう言ったのだ。

「さっきからずっと見てたろ？　仲間に入りたいのか？」

その一言が、菜穂子の全てを変えた。次の日にはルーズソックスをはき、スカートを短くし、髪を茶色に染め、化粧をした。その姿に、父は呆然《ぼうぜん》とし、母は泣いた。が、菜穂子は両親に、似合うでしょ？　と言ってニッコリ笑った。両親の気持ちを全く知らずに……。

高校デビューを果たした自分を瑠華は快く迎えてくれた。菜穂子は、この人のために何でもしようと心に誓った。ただ仲間にしてくれたから、という理由ではなく、彼女の全てに惚《ほ》れたのだ。不良グループの中での圧倒的な存在感。リーダーというわけではないのに、凄《すさ》まじいオーラを放っている。この人についていって間違いはないと感じたのだ。

ところが、両親には見捨てられるわ、テストの点は落ちるわ、教師の評判は悪くなるわで、ほとんどいいことはなかった。が、菜穂子はデメリットばかりということに気づいていない。面白い仲間と一緒にいられて楽しい、としか思っていない。優等生に戻ろうなんて思わないし、将来のことだって心配していない。危機感は皆無だった。ただ、瑠華のため、彼女に認められることだけを切に願っている。

オドオドしながら通路を真っ直ぐ歩いていると、向かって右側前方に階段が見える。二階は諦めて、三階へ行ってみようか。でも、瑠華さんの許可を取らなくても大丈夫だろうか？　勝手な行動をして、怒られたらどうしよう。それで縁を切られたりでもしたら……。

細かい心配を抱きながら前に進んでいく。すると三階に通じる階段の向こう側にポツンと小さいものが置いてあるのに気がついた。

何だ、あれ。

光をそこに集中させる。爆発でもするのではないかと、慎重に近づいていく。あれはゲームに関係するアイテムか？

「いや……オルゴール？」

階段を通り過ぎた菜穂子は、怖々とした足取りで謎の箱に歩み寄った。屈んでよく見ると、それは、手のひらにスッポリとおさまるくらいの大きさで、蓋《ふた》だけが金色で作られた茶色い箱だった。

宝箱かもしれない。この中に何が入っているのだろうか？　それとも音楽が流れ出す？

興奮していた菜穂子には、階段を下りてくる足音など、全く耳に入らなかった。

懐中電灯を床に置き、箱に手を伸ばす。が、その時だった。後ろから、光を当てられたのだ。

「ん？」

男の声にビクつき菜穂子はハッと振り返る。するとそこには、敵である警備員が立っていた。箱に夢中で、警戒するのを忘れていた。

マズイ！

このままではゲームオーバーになってしまう。無意識のうちに素早く右手の銃を構え敵に向けて発砲していた。

至近距離とはいえ、突然のことに慌てていたので不安だったが、運よく首に命中した。敵の動きがピタリと止まり、その直後にバタリと倒れた。起き上がるのではないかと心配で、しばらくの間、敵から目を離せなかった。じっと様子を窺っていたが、どうやら大丈夫そうだ。すぐには復活してこないだろう。

危なかった……。

こんなところでゲームオーバーになんてなったら、それこそ瑠華さんに怒られる。『バーチャ』にも誘われなくなってしまう。不良グループから外される可能性だって……。

勝手に心配を膨らませた後、ようやく目の前の箱の存在を思い出した。周りを確かめ、今度こそはと蓋に手を伸ばす。そして、そっと中を覗いてみた。しかし、期待は見事に裏切られた。中は空っぽ。

「あれ？　ない。何もない……」

ひっくり返してみたが、結果は同じ。

がくっと落ち込んで、箱をほっぽり投げた。

これは、罠《わな》？　宝箱に集中している間に敵が後ろからやってくる。

一言で言えば、ハメられたのだ。

「……ふざけんなよ」

瑠華さんに褒めてもらえると思ったのに……。

「あ～あ」

何もなかっただけにすぐには立ち直れず、しばらくその場で文句を繰り返していた。

10

爆発まで……タイムアップまで残り二十五分を切った。瑠華たちは、謎の人物と接触することができたろうか？　心配なのは、かや乃のことだ。途中で瑠華とはぐれてしまったようだが、今どこにいるのだろう？　リタイアはしていない。どこかに隠れているのだろうか。だとしたらゲームを放棄したのと同じなのだが……。

そんなことよりも早くクリアしなくちゃ。手を借りようとは思わないが、瑠華たちには無駄な時間を使ってほしくない。とにかく絵を探してほしい。

二階に来ていた智里は、次々と展示室を調べていく。しかし、『バッジス』の絵がどこにも見当たらない。未だ一つも。

ただただ時間が経過し、焦りが苛立ちに変わっていく。作品をチラリと見て、その下の画家名を確かめていく。

これはペンで書かれているのだろうか？　長い髭《ひげ》を伸ばした男性の横顔だというのが分かる。被っているのはシルクハットか。

『マルコス作・ジェームス』

モデルの名前が題名に使われているようだ。

「手をつなぐ二人、手をつなぐ二人」

そう繰り返しながら、次の絵に移り、光を当てる。

これは、切り絵ってやつか？

ちりばめられた黄色い星。中央には真っ黒の人間。右手を挙げている。題名は『娼婦』とある。これも作者は違う。

「バッジス……バッジスはどこ」

智里は一つひとつ横にずれていく。

『葬式』

『ナイフ』

『珊瑚』

『仮面』

どれもこれも題名が違う。

『自画像』

「違う！　違う違う！」

そして、この部屋最後の作品。

油彩画。白人の幼い男の子同士が、正面を向いて手をつないでいる。林をバックに描かれているが、そんなことはどうでもよかった。

この絵の……。

これかも！　と期待に胸膨らませ、下の解説に光を当てる。しかし。

『マリス作・兄弟』

「紛らわしいもの展示しないでよ、全く！」

あまりの苛立ちに敵のことなど考えられず、堂々と部屋から出る。しかし、すぐに襲われた時のことを思い出し、身を縮める。そして足音を立てないように行動する。

調べていないのはこの一部屋だけか？

展示室の前にやってきた智里は、不意打ちをくらわないように、部屋の中にそーっと顔を出す。

大丈夫。敵も、謎の人物もいる気配はない。左右に光を振りながら足を踏み入れ、壁にかかっている作品を順番に調べていく。

『唇』

『刺激』

『横たわる少年』

それら全てがデッサン画。バッジスの作品は一つもない。根気よく探し続けるが、結果は同じ。二階にもないのか?

「……三階?」

何のヒントも得ず行ってしまっていいのだろうか。考えすぎだろうか。

通路を右に曲がる。その瞬間、智里の肩に力が入った。前方右側に階段があるが、その先に、誰かが倒れている……。

かや乃ちゃん? 光をあてるが、こちらに足が向いているのでよく分からない。しかし、よく見ると身体の大きさといい、服装といい、かや乃ではなさそうだ。他の二人でもないだろう。ということは……。

「落ち着いて」

必死に自分に言い聞かせながら、徐々に近づいてみる。ある程度歩み寄ったところで、倒れている人物が制服を着ているのが分かった。

警備員……敵だ。

誰かが倒したんだ。まさか、かや乃ではないだろう。やったのは持田か？

急に起き上がるのではないかと気が気ではなかった。この奥に部屋はない。復活してしまう前に三階へ上がろう。

「……ん？」

ちょっと先の方に、何かが落ちているのに気がつく。無視することはできず、行ってみる。

「なに？　これ」

蓋が金色で作られた茶色い箱。中には何もない。一体、どんなものが入っていたのだろうか。これを一番最初に見つけたのは？　まさかゲームに関係する重要なものがあったのではないだろうか？　そうだとしたら、どうして私に言ってこない？

「全くもう！　本当に役に立たないんだから！」

落ちていた場所に箱を戻し、智里は振り返った。これでクリアできなかったらどうすんのよ。

起き上がる素振りさえ見せない敵の横を通り、螺旋《らせん》状の階段を静かに上っていく。

顔を上げると、扉が目に映った。

　三階に到着した智里は、ノブに手を伸ばし、ゆっくりと捻《ひね》る。

　鍵は、開いていた。音を立てないように、少しずつ扉を開いていく。徐々に三階の風景が視界に広がる。大きな四角いスペースの真ん中には太くて長い台があり、その上に様々な模様が描かれた立派な花瓶が置かれている。そこには、真っ赤なバラが何十本も活けられている。それについつい目を奪われそうになるが、敵の存在を確認し、そっと中に入り込む。そして静かに扉を閉めた。

　気を抜ける瞬間がない。一つひとつの行動に神経を遣う。

「どっちよ……」

　智里は左右に目を向ける。二階と同じで、通路が二つに分かれているのだ。時間もあまりないし、ここでの選択は重要だ。といっても、悩んだって答えが出るわけではない。勘で右から回ろうと智里は歩きだす。

　すぐに展示室が現れた。もうそろそろバッジスの絵が出てきてもいい頃なのだが……。

　忍び足で中に入り込む。今度こそはと、作品と解説に光を向ける。しかし、すぐに落胆の表情に変わる。全然違う人物の描いた絵だ。

どこにバッジスの作品があるっていうのよ。

「本当にあるわけ？」

まさか、最初から存在しない設定でゲームオーバーなんてことはないわよね？　そんなことしたら詐欺よ。謝るだけじゃ許されないわ。

智里の期待とは裏腹に、結局この部屋にもバッジスの絵はなかった。いい加減、集中力が切れかけていた。敵が出る前の瑠華と持田と同じ状態。

つまらないからリタイア。なんてことは考えていないが……。

この先の部屋もどうせ違うんでしょ、とひねくれながら、次の展示室に向かうと、手前に木の机があることに気がついた。その上に、何かが置かれているが、あれは何だろう？　沈んでいた気持ちが一気に盛り上がる。しかし冷静さを失ってはいけない。罠かもしれないということを頭に置いて、背後を確認しながら机に近づく。

展示室の目の前までやってきた智里は、銃を取り出した。気を取られている間に殺られる可能性だって充分にあるのだ。戦闘の準備を整え、机の上に置いてあるものに視線を向ける。

何てことはない。透明なプラスチックの箱だった。その中に紙が入っているが……。

懐中電灯を向けた途端、智里は思わず大声を出しそうになってしまった。大きく開いた目で、改めて確認する。

『バッジス作品展』

間違いない。そう書かれている。

「これだ……」

とうとう見つけた。ここにあったのか……。

これまで何の手掛かりもなかった。こんなことなら初めから三階に来ればよかったんだ。

まあいい。これでクリアできる。この部屋に『手をつなぐ二人』があるかどうかまだ分からないが、もう見つけたも同然。私に失敗はありえない！

ようやくお目当ての画家『バッジス』に辿り着いた。机に置かれたチラシを一枚手に取る。そして周りを確認しながら、部屋の中に入っていった。

11

一方その頃、一階の展示室にいた瑠華は、膝《ひざ》に手をつきうなだれていた。

「ダメだぁ～どこに行ったっていねえよ！」

三階、二階、一階と、懲りずにずっと奴を探していたが、どうしても見つからない。

とうとう歩き疲れてしまい、現在は休憩中だ。

なぜだ。どこにいるっていうんだ。全く予測がつかない。

途中、二階で菜穂子にバッタリと会った。

「いたか？」

勢い込んで聞いてみたが、残念そうに首を振るだけだった。それよりもうろついている警備員には気をつけたほうがいい、と言ってきた。どうやら危ない目にあったらしい。一歩間違えばゲームオーバーだったと菜穂子は興奮しながらまくしたてる。そんなことはどうでもよかったが、口には出さなかった。怒ればいつものようにしつこく謝ってくる。ゲームの時だけはまとわりついてほしくない。

「……行くか」

だんだん、捕まえられないような気がしてきた。

自分がそんなことを考えるなんてらしくないが、奴が無敵に設定されているならお手上げだ。だからといって、絵を見つけて終わらせるのもつまらないし……。

クソッ、奴は一体何者なんだよ！　マジ焦《じ》れったいんだよ！　邪魔するならガンガンしてこいよ！

姿を消したかや乃にも、苛立ちが湧《わ》いてくる。

あの馬鹿！　マジ何やってんだよ！　アイツがちゃんと行動していれば、結果は変わっていたかもしれねえのに。

ブツブツと言いながら展示室を出た瑠華は、完全に緊張感を失っていた。廊下を堂々と歩いていると、最初の場所に戻ってきてしまった。これ以上先へ行けば、外に出てしまう。

引き返そうとした瑠華の目に、トイレの表示が映った。

「……トイレねぇ」

念のために見ておくか。館内に入って初めて調べた部屋……。画家の本や写真が数多く置かれていたところである。その部屋の手前にトイレへ行く通路があるのだ。ここはまだ調べていなかった。

どうせ無駄だろ？

瑠華は期待もせずに左に折れ、細い通路を歩いていく。

意外に遠いなと感じたその時、瑠華は動きを止めた。眉間に皺を寄せ、前方をじっくりと見る。奴を発見したわけではない。しかし、女子トイレの手前に、何か落ちている。

瑠華はすぐに菜穂子の話を思い出した。

そういえば、二階で箱を拾ったと言っていたな。空っぽだったらしいが。

その時に敵が背後から現れたと……。

ハッとして振り返り、銃を構えた。

誰も……いない。それでも周りに注意を向けながら箱に近づいていく。

手に取って、じっくりと眺めてみる。

金色の蓋。これだ、菜穂子が言っていたのは。とりあえず開けてみると、中には一枚のカードが入っていた。意外なものを発見したことに驚き、慌てて取り出してみる。

「なんだこりゃ……」

上にかざして見つめる。白いプラスチックカード。まるで、病院の診察券のようだ。

横に黒い線が真っ直ぐに引かれており、裏には数字が十桁並んでいる。

何に使うのか分からないが、これは、クリアに繫がる重要なアイテムなのではないか？　しかし、瑠華の気持ちは弾まなかった。そうなのだとしたら、智里に渡しに行かなければならないではないか……。

か。

「今、何階にいるんだ?」

電子機器で連絡が取れれば楽なのだが、そんな機能はないし、やはり探すしかない

面倒くさいが……。

思わぬ収穫を得た瑠華は、トイレなんかどうでもよくなり、辿ってきた通路を戻っていった。

そして、大広間に足を踏み入れた。その時だった。

あれは!

遠く離れた階段から、とうとう奴が現れたのだ。すぐさま頭を戦闘モードに切り換える。しかし、奴の動きは素早かった。銃を向けた時にはもう発砲されていたのだ。

咄嗟に壁に隠れる。

「くそ!」

反撃する隙《すき》がない。攻撃がやまないのだ。衝立が音を立てて倒れる。シャンデリアからはガラスの破片が降ってくる。瑠華は懐中電灯を消し、両手で銃を持った。そして壁から顔を出し、引き金に手をかける。だが奴はよける様子もなく発砲を続けている。

強すぎる。自分が攻撃されようがお構いなしだ。これじゃ勝ち目がない。

何かいい方法はないか……。菜穂子と挟み撃ちできればいいのだが、そんな都合よく現れてはくれないだろうし。

そう思った時、攻撃がやんだ。

今だ！　と一発弾を放ったが、もう、奴はいなかった。大広間はしんと静まり返っている。

「くそ！　むかつくな！」

床を強く踏みつけて、急いで階段へ向かい二階へと上る。しかし、完全に奴は姿を消していた。

「どうなってんだよマジで」

こんなんじゃ捕まえられるはずがない。諦めるしかないのか……。

ふと、トイレの手前でカードを見つけたことを思い出した。

「しょうがねえ。智里に渡しに行くか」

それにしても、どこにいるんだ？　とりあえず適当に探してみるか……。

12 『バッジス』

1875年	イタリア、ピエモンテに生まれる。
1879年	四歳にして、早くも絵画に興味をおぼえる。
1894年	画家を目指しパリに出る。
1896年	当時、著名な画家だったモランの教室に入り、ピエールと知り合う。
1897年	『故郷』を出品。この頃から画家としての頭角を現す。次々と作品を描き上げていく。
1899年	教室から『眠り』が盗まれる。後に、師であるモランの犯行であることが発覚。親友であるピエールと共にパリから離れ、マルセイユで活動を再開。

1906年	初めての個展を開き、話題となる。
1907年	友人のスタン宅でカーティスと出会う。この年、ピエールと共にドイツ、オランダに旅行。
1908年	バッジス宅でピエールが自殺。親友の死をきっかけに、故郷へ帰る。この頃から〈暗黒の時代〉に入る。
1910年	全ての活動を中止する。
1911年	ラウラと出会う。
1913年	ラウラと結婚し、ナポリに移住。
1915年	代表作『横たわる妻』を完成させる。娘が誕生。
1917年	娘をモデルにした作品を多く発表する。
1918年	友人の勧めにより、十数年ぶりで個展を開き、再び注目を集める。
1919年	妻と娘が事故死。翌月に最後の作品『手をつなぐ二人』を完成させ、自宅で自殺する（享年四十四歳）。

早くから絵画に興味を示したバッジス。しかし、彼が残した絵画は数少ない。師の裏切り、親友、家族の死が大きく運命を変えた。最後は自ら命を絶っている。才能には恵まれていたが、生涯辿ってきた道は、決して華やかではなかった。


ここまでくればゲームも大詰めか。クリアまで後少しだ。残り時間は十八分。バッジスのプロフィールをひととおり読んだ智里は、チラシから目を離した。

「悲劇の画家……か」

有名でも、非業の最期を遂げた絵描きもいるのだなとつくづく思った。これを読む限り、いい時なんてわずかな間しかないじゃないか。

時間がないのについ、そんなふうに考えてしまう。

早くしないと。智里は敵がいないかしっかりと確かめ、動きを再開させる。

パンフレットには作品が掲載されていないので、未だ目的の絵は分からない。

「手をつなぐ二人……手をつなぐ二人」

繰り返し呟きながら、最初の作品に光を当てる。

題名は、書かれていない。

これは、鉛筆で描いたものか？　男と女が、ポツンと立っている。バックには一本の木。これは誰をイメージして描かれているのだろう。若い夫婦か？　二人とも顔が汚れており、ぼろの服をまとっている。男のほうが鍬《くわ》を手にしているが、畑仕事をしている最中だったのだろうか。

鉛筆とはいえさすが画家だ。繊細に表現されている。

下の解説を読んで思わず、声を上げて驚いてしまった。なぜならこれは、バッジスが五歳の時に描いた作品だったからだ。その頃から見る者を圧倒させるなんて……。

解説の続きを目で追う。

貧しい家庭に育ったバッジスは、筆やカンヴァスといった絵画道具などは買ってもらえず、常に紙に鉛筆やペンで絵を描いていた……。

「……凄い」

しばらく見とれてしまった。普段はあまり人を褒めたりなんかしないのに……。

次の作品に移ると、これも紙に鉛筆で描いてある。人物は描かれておらず、太陽の光が、小さくて汚い家に降り注いでいる。まるで、明るい未来がやってくるようにと願っているかのようだった。

『バッジス生家』と下の解説に書かれている。その解説を読んで、再び絵を眺めると、いくら貧しかろうが、自分は幸せなんだということを表現しているのかもしれないと思えてくる。

「ここで十九年過ごした……」

最後の文は、声に出していた。

画家になるのを夢見て、この家でずっと絵の勉強をしていたのか。

智里は、今の自分と比べていた。テストの点では、誰にも負けない。でも私には、夢や希望がない。家は裕福で環境には恵まれている。しかし、憧れの職業など今まで一つもなかった。ただ机に向かっている日々。将来の何の役にも立たない。どんな分野でも人より能力が優れていると思っていたが、私も単なる凡人か。この絵を見ただけで、何だか落ち込んでしまった。

気持ちが萎《な》えている自分に気づき、智里は我に返った。せっかく現実から逃げたいがためにこの『バーチャ』に来ているというのに、ここでもそんなことを考えるなんて馬鹿げている。

時間を確認して気を取り直し、絵を一つひとつ確かめていく。しかし、しばらくは幼少の頃の作品が続く。鉛筆やペンで描いたものだけだ。それにしてもうまい。その一言に尽きる。しかし、目的の作品はない。『手をつなぐ二人』はバッジスが最後に残した絵である。ということは、ここではなく、まだまだ先なのだろう。

智里は歩調を早め、一気に進んでいく。若い頃の作品を一つひとつ見ている時間はない。しかし、次のフロアに入ろうとした時、気になる絵が飛び込んできて、足をピタリと止めた。引き寄せられるようにして、その絵に近づく。ゲームだということも、時間がないということも、ちゃんと分かっている。それなのに……。

その絵は智里を魅了してやまなかった。

カンヴァス一杯に広がる女性の顔。色が使われている作品を見るのはこれが初めてだった。

穏やかな目。口元を緩ませ、ニッコリと笑っている。本当に幸せそうだ。

題名は『母』。

それを見て納得したが、解説を読んでショックを受けた。

バッジス十五歳。母親が死んだ直後に描いた作品。

智里は絵を見つめながら再び考えてしまった。

バッジスが心の底から母親を愛していたことは、見るだけで分かる。どんな思いで、この作品を描いたのだろう……。悲しかったに違いない。十五歳で片親を亡くしたのだ。不安で仕方なかったのではないだろうか。

すっかりバッジスの気持ちに入り込んでしまっていた自分を奮い立たせ、智里は次のフロアに移動する。

光を向けてみると、前の部屋とは一転、一つひとつの絵に様々な色が使われている。飛ばして見ていくつもりだったが、題名が気になった。

『ピエール』

プロフィールで、何度もこの名前を目にした。バッジスの親友だったはずだ。天然パーマの金髪。顔は細長く、青い瞳。鼻が高くて、への字をした口。かなり若い時のものだろう。緊張している様子が窺える。うまく笑えないといった気持ちまで伝わってくるようだ。

解説にはモランの教室に入り、ピエールと出会って間もない頃の作品とある。ということは、バッジスが十九歳か二十歳の時のものか。

その隣には、風景画がある。上空からの視点だ。枯れた木と荒れた畑が広がる中に、ポツポツと家がある。遠くには川が流れている。背景を薄い灰色でぼかしてあるために、寒さが感じられる。暗い雰囲気に覆われた絵だ。

題名は『故郷』。

これがバッジス初の出品作か。確かにインパクトはある。自分の生まれ育った土地を、荒《すさ》んだ絵に仕上げているのだから。多くの人々が、この絵に興味を抱いたのであろう。

プロフィールにあるとおり、この作品で、彼の実力は認められた。しかし、この後に師に裏切られたとも……。

『指揮者』

『未来』

『踊り子』

『パリ』

初の出品作『故郷』とは一変して、明るい絵がしばらく続いた。バッジスが輝いていた時代なのだろう。高揚した気持ちが作品に表れている。

しかし、次の絵を見た瞬間、ズキリと胸に衝撃が走った。

「なに……これは？」

倒れたソファ。逆さになったテーブル。まっぷたつに折れているスタンドライト。割れた窓。散らばったガラス片。リビングが、ひどく荒れている。今まで一度も、こんな絵はなかった。『故郷』も雰囲気は暗いが、これはまた別だ。

まるで、その時の心情を表しているような。

題名は『裏切り』。

これは、師のモランが教室からバッジスの作品である『眠り』を盗んだことが発覚した直後に描いた作品だと、プロフィールは語っている。

「……ひどい」

思わず智里は当時のバッジスの気持ちを想像してみた。

盗難が師の犯行であることが発覚し、信じられないといった様子のバッジス。自宅に戻って、狂乱する……。

それにしてもどうしてモランは作品を盗んだのだろう。バッジスが気に入らなかった？　だから困らせてやろうと。もしくは、彼の才能に嫉妬《しっと》していた？　いや、もっと深いわけがあった？　どちらにせよ、答えなんて分からない。出るはずがない。

この直後に、バッジスと親友のピエールはパリから離れた……。

師の裏切りが相当ショックだったのだろう。しばらく、明るい作品が見られなかった。

それ以前に、内容の理解に苦しむ。

『胴体』

題名どおり、首、両腕、両足のない人間の胴体を黒を背景に描いていたかと思うと、『天罰』に至っては、白い球体に稲妻のような黄色いものがいくつも突き刺さっている。

これは、師に対する怒り？　題名が、そう思わせる。

これらの作品は、バッジスの苦悩と捉《とら》えていいのだろうか。それは長く続いたようだ。

『美しき人々』で、ようやく自分を取り戻したのは、七年後のことであった。この年、バッジス初の個展が開かれている。

正装した男と女が宮殿らしきところでワイングラスを持ちながら楽しげに話をしている作品。暗い色は全く使われておらず、華やかに描かれている。

その作品を見て、智里は無意識のうちに肩の力を抜いていた。まるでバッジスの人生に入り込んでいて、彼が立ち直ったことに安心したのかもしれない。普段は他人に全然興味を持たないくせに。

ようやく復活したバッジス、と思った矢先、次の作品に、智里は愕然《がくぜん》とした。息をのみ、一歩近づく。

「これは……」

イスに座った金髪の男。首がグッタリと垂れている。それだけならまだいい。何より恐ろしいのは、その男の全身がまっぷたつに引き裂かれているところだ。背景には黒と灰色が塗り込められ、かなりの不気味さを漂わせている。

バッジスに何があったのだ？　プロフィールの記載を思い出してみる。親友であるピエールが自殺した時に描いたものだ。

ではピエールはどうして自ら？　答えは、解説の続きを読んで分かった。

自分の才能の限界を感じていたピエール。それが自殺の原因……と書かれているが。

「そんな馬鹿な」

絵が描けなくなったからといって死ぬのか。それはただの凡人の考えか？　芸術家にしてみれば、死に値する問題なのか。私にはとても理解できない。

バッジスは、どんな気持ちだったのだろう。パリにいた時から一緒だったピエールの死。辛く悲しかったろう。だからこのような絵を……。

親友を失い、故郷へ帰ったバッジスは再び暗い時代へと突入する。

『突き刺された剣』

『殺し合う人々』

『残骸』

ピエールの自殺が、ずっと頭にまとわりついていたのだろう。どれもこれも、人が死んだり、殺されたり。だんだん、バッジスが哀れに思えてきた。

当時の彼の姿が、再び浮かんでくる。頬はこけ身体は痩《や》せ細り、何に対しても無気力な日々。このような絵を描くということは、バッジスの瞳に映るものは全てダーク色に染まっていたに違いない。

それでも二年間は描き続けた。しかし、とうとうバッジスは筆を止める。一年間の空白。もしかしたら彼は、二度と描かないつもりでいたのかもしれない。将来妻となるラウラに出会わなければ……。

彼女が、バッジスの心を癒《いや》していったのだろう。この頃から、彼は活動を再開している。

『微笑み』

モデルは、三つ編みの小さい女の子。えくぼがとてもかわいらしい。優しい気持ちになれる作品だった。

ラウラに出会って以降、バッジスは人物画ばかりを残すようになる。理由は不明、と書かれている。

確かにそうだった。描かれているのは人物ばかり。共通しているのは、モデルが全て幼い女の子だということだ。智里は、バッジスの衰えを感じた。仕事から、趣味に移ったような。

二年後ラウラと結婚。そして更に二年後、代表作を完成させる。

『横たわる妻』

作品を前にして、智里は立ち止まった。これが、バッジスの奥さんだった人か……。

背景には家の柱と観葉植物。床には花柄の絨毯が敷かれている。その上のソファに、白いドレスに身を包んだ妻が横になっている。長い黒髪が印象的だ。穏やかな表情のまま、瞳を閉じている。

気品が溢《あふ》れ、美しさを際だたせている。

彼女も大変だったろう。夫が抱えていた闇を取り払うのは並大抵のことではない。心から彼を愛していたのだろう。

『横たわる妻』を完成させた年、バッジスの元に幸せが訪れる。二人の間に、娘が生まれたのだ。苦しいことばかりだったが、全てを忘れて喜んだに違いない。そして、二人で大切に育てたのだろう。

完全にバッジスの世界に引き込まれていた智里はハッとした。彼の作品展は終わりに近づいている。ここからでは暗くて見えないが、おそらくプロフィールどおり、あとは娘の絵ばかりだろう。そして、出口の扉のすぐ横にある最後の作品が……。

バッジスの人生に夢中になりすぎていて、すっかりゲームのことを忘れてしまっていたが、いつの間にかゴールに辿り着いていたといった感じだ。あとは時間の問題だ。残り、十分。これでようやく目的を達成できる。

まだ余裕はある。残りの作品もしっかりと見ていこう。彼の歩んできた道を、飛ばして先に進むことができなくなっていた。

それにしてもバッジスという男……。なんて哀れな人物だったのだ。信頼していた師に裏切られどん底に落ち、ようやく這い上がってきたと思った矢先に親友を失う。荒れ狂っていた時代に現れた妻。彼女のおかげで立ち直ることができ、最愛の娘を天から授かる。しかし、無情にも神は家族を引き離す。そして、バッジスは自ら……。

彼の運命を左右したのは、全て出会いだ。師や親友、妻に出会っていなければ、どのような人生を辿っていただろう。画家としてもっと有名になっていたかもしれない。それとも、最期は一緒だったろうか。

自分はどうだ。今まで、人生を左右するような出会いはあっただろうか。いや、ないだろう。自分だけを信じて生きてきたから……。

まるでドラマを見ているようだった。今は存在しない一人の男に、心を揺り動かされた智里は、悲しみに包まれていた。

しかし、まだ終わってはいない。

『手をつなぐ二人』を見るまでは。

13

二階、トイレ付近。

電子機器を確かめた菜穂子は、悲痛な表情を浮かべ壁に寄り掛かった。そして、膝からズルズルと落ちていった。

「お願いだから出てきてよ～」

どれだけ探しても奴はいない。遭遇したのはゲームを開始してから一回だけ。チャンスすら訪れなかった。残り時間わずか十分。おそらくもう無理だ。捕まえられるとは思えない。

やっぱり私はダメなんだ。一人というのが悪かったのかもしれない。『Aコース』の時みたいにみんなと行動していれば……。

さっきから愚痴ってばかりいながら、菜穂子は瑠華の顔を思い浮かべた。

怒られるだろうなきっと……。

「使えないからアンタなんかもういらない」

なんて言われたらどうしよう……。

二階で瑠華と別れて以来、一度も会っていない。いや、避けたのだ。実は数分前、一階に行こうとしたのだが、階段を上がってくる瑠華に気づき咄嗟に隠れてしまった。反射的にそのような行動をとっていた。

責められる、と思ったから。今となっては余計会いづらくなってしまった。素直に謝るべきだった……。

もう時間もないし、瑠華を探しに行こうか。もしかしたら智里と一緒にいるかもしれない。

ゲームがまだ続いているということは絵が見つかっていないということだし。

そうだ！

誰かがクリアしてくれれば。もしくはゲームオーバーになってくれれば……。ずるいかもしれないが、怒られないで済む方法は、もうそれしかない。戻ってから叱られる可能性も充分あるが……。

どうしよう。もしその魂胆がバレたらそれこそ酷い目に。やはり正直に言ったほうが、まだマシか。

「行こう！」

一度決めたら、後は瑠華を見つけることに夢中になっていた。二階全体を小走りで探す。しかし、どこにもいない。速くも焦りが増してくる。

三階か。何かに取り憑《つ》かれたかのように、菜穂子は急いで階段に向かった……。


バッジス作『手をつなぐ二人』まであとほんの少し。フロア最後の一角。四つの作品が並んでいる。もう、智里に焦りはなかった。一つひとつ、ちゃんと見ていくつもりだ。

絵の前に立ち、そっと光を当てる。

『まばたき』

赤い洋服に薄緑のスカート。そして白いソックス。うさぎみたいに二つに髪を結んだ小さな女の子が、目を閉じて絨毯の上に座っている。題名どおり、まばたきをした時の顔を描いたのだろう。

これが、バッジスの娘……。

そのかわいさに微笑んだが、この子を待ち受けている運命を思うと、智里はやりきれない気持ちで一杯になった。

『つみきで遊ぶ娘』

少し、成長しただろうか。

解説には、三歳と書かれてある。アヒル座りで、長細いつみきを垂直に立てている姿。遊びに夢中になっている表情。智里の胸は締めつけられていく。

バッジスは、どんな思いで娘の絵を描いていたのだろう。幸せ、楽しさに溢れていたはず。身に降りかかる不幸など知る由もなく、明るい生活を送っていたのだろう。それとも、心の底ではまだ怯えていただろうか。また、どん底に突き落とされるのではないかと……。

残り、二作品。この隣の絵を盗み、ゲームを終了させる。

『キス』

その絵を見た途端、智里は口を開いた。

「これが……バッジス？」

正面を向いた白髪の男の頬に、女の子が優しくキスをしている。智里はすぐに解説を読んだ。

思ったとおりだ。これが、バッジス。初めて見る彼の顔だ。

この時、四十代初め。まだまだ若いはずなのに髪は真っ白になっている。顔も瘦せこけて皺だらけだ。まるで老人ではないか。

彼の苦しみが、痛いほど伝わってきた。

ここに描かれている娘も、先ほどと同じく三歳。ということはこの一年後、悲劇は起こる。そして、二人の後を追うようにしてバッジスは……。

智里は深呼吸をし、最後の絵の前に立った。

『手をつなぐ二人』というあたたかい題名ではあるが、覚悟をしなければならなかった。最愛の妻、娘に死なれた直後に描いた作品だからだ。

今までがそうだった。師の裏切り、親友の自殺の後の彼は、暗黒に満ちていた。目の前にあるこの絵も、血にまみれているといったような悲惨なものなのではないだろうか……。

『手をつなぐ二人』

これで終わりだ。ゲームも、バッジスの過去も……。

智里はゆっくり、ゆっくりと最後の作品に光を当てた。

リビングらしき部屋。後ろの窓から夕日が顔を覗かせている。木のイスに座り、フリルのついた青い洋服を着たバッジスの娘。手には開いた絵本を持ち、楽しそうに微笑んでいる。

「あれ……？」

智里は拍子抜けしてしまった。頭に描いていた残酷なものと全然違う。むしろ普通だ。しかも題名ともマッチしていないような気が……。

まさかこれは！　下の解説に目をやった瞬間、身体が凍りついた。声が、震えた。

「どういうこと……」

何度確かめても題名は同じ。

『読書する娘』

違う。私が求めているものと！

『手をつなぐ二人』じゃない。これが最後の作品のはずなのに。

智里は、ゲームの順を辿っていく。

そうだ。これは『バーチャ』だ。おかしいと思ったんだ。こんな簡単にクリアできるはずがない『Aコース』の時も、最後のボタンがなかなか見つからなかったではないか。

バッジスに集中しすぎた。

私としたことが……油断した！

「どこよ！」

まずい！　もう時間がない！　全身に、冷たいものが走る。焦りがジワジワと襲ってくる。この部屋にないことは明らかだ。

『手をつなぐ二人』は別のところにあるということか？

智里のすぐ隣には扉がある。この奥に？

手を伸ばした、その時だった。智里に、淡い光が当てられた。ピタリと動きを止める。額、背中、指先に冷や汗が滲《にじ》んでくる。瑠華？　持田？　それとも、かや乃ちゃん？

部屋に現れたのは敵。警備員だった。

こんな時に限って！　智里は懐中電灯のスイッチをオフにし、身を縮めた。突然のことで混乱していたので、それしか対処方法が浮かばなかった。扉が近くにあるのだ。逃げればよかったと後悔する。

「おい」

男の声。もう、終わった。また失敗かと諦め、ギュッと目を閉じた。せめて、『手をつなぐ二人』を見たかった……。

しかしどうしたことだろう。敵が近づいてくる気配はない。聞こえてきたのは、バタリと倒れる音だけだ。

何が起こったのかと、そっと目を開けた。そして、懐中電灯で確認する。

「え？」

敵が、床にうつぶせになっている。その向こう側には、瑠華が銃を構えていた。

危機一髪。助かったんだと、智里は握っていた拳《こぶし》をゆっくりと開いた。瑠華に救われたことだけは納得いかなかったが、そんな悠長なことを言っている場合ではない。とにかく最後の絵を探し出さなければ。

「やっと見つけたよ。ここだったんだ。危なかったな智里。ギリギリセーフってところか？」

智里は膝に手をついて立ち上がり、瑠華に手招きする。

「そんなことはいいから！　早く来て！」

「なに。どうしたんだよ。礼くらい言ってくれてもいいのにさぁ」

「時間がないの！　早く！」

「ああ、そっか」

急ぐ気など全くないようだが、智里の剣幕にようやく小走りになる。

「で？　絵は？」

「見つけてないからまだここにいるんでしょうが！」

「まあ、そうだな」

「それよりアンタのほうはどうだったのよ。捕まえられたわけ？　そんな感じには見えないけど」

早口で尋ねると、瑠華は手を横に振った。

「無理無理。アイツ、マジ最強だわ。さっきも逃げられちまってよ。菜穂子にも期待はしてないけどね」

謎の人物の正体に興味があったのだが、こんな能無しが追っても無駄だったか。

「あ、そうだそうだ。でさ、これを智里に渡しに来たってわけ。すっかり忘れるところだった」

瑠華がポケットから取り出したのは一枚の白いカード。

「ほれ」

「これ……何に使うのよ」

「一階のトイレの前に落ちてたんだ。その直後に奴に襲われてよぉ」

瑠華の声など耳には入っていなかった。

じっとカードを見つめる。きっと、クリアに繋がるアイテムだ。

「まあ、でも無理っしょ。この様子じゃ。あ～あ。またゲームオーバーかぁ」

智里は瑠華の言葉を遮った。

「何言ってんの！　まだ分からないわよ！　この奥に絵があるかもしれないんだから！　絶対にクリアするの！　さあ行くわよ」

「そうかな……」

瑠華は気の抜けた声を出す。

「いいから！」

改めて扉を開こうとすると、後ろから再び声が聞こえてきた。

「瑠華さん！」

この声は……。振り返った先には、持田が立っていた。今度はお前か、と智里は項《うな》垂《だ》れる。

持田が慌てて走ってきた。その勢いに、瑠華は戸惑い、一歩後ろに下がる。

「ど、どうしたよ」

そう尋ねても持田は口を開こうとしない。指先をモジモジさせている。

「で、どうだった？　奴いたか？」

瑠華が首尾を尋ねると、持田は顔の前で両手をあわせ、大げさに何度も何度も頭を下げた。

「ゴメン！　無理だった！　捕まえられると思ったんだけど……」

瑠華は両手を腰にあて、首を傾げる。

「何だよそんなことかよ。もうアレはいいんだよ。奴は無敵だ。あたしも諦めたわ」

その言葉に、持田は怖々と顔を上げた。

「じゃ、じゃあ許してくれるの？」

「許すもなにも」

馬鹿馬鹿しいやり取りに智里はたまらず口を挟んだ。

「そんなことはもういいの！　時間がないの！　さあ行くわよ！」

「どうしたの智里ちゃん？」

「説明してる暇はない！　いいから早く来なさい！」

母親のような口調で二人に言い聞かせ、智里はようやく扉を開いた。すると、茶色の絨毯が敷かれた通路に出ることができた。左右どこにも部屋はなく、光を当てると、先に段数の少ない階段があるのが分かった。

「来て！」

後ろにいる瑠華と持田に声をかけて、全力で走る。液晶を見ると、残り六分。

『手をつなぐ二人』はどこ！　早く見つけないと！

階段を四段上がると、約五メートル前方に両開きの大きな扉がある。真正面にやってきた智里は、プレートに視線を投げる。

『特別展示室』

それを見た瞬間、ここにある！　と確信した。

ノブに手を伸ばし、強く押す。しかし、扉は開かない。引いてみたが、結果は同じ。どうやら鍵がかかっているようだ。ゲームが始まってから間もない頃に敵から奪った鍵束を取り出そうとポケットに手を突っ込んだ。しかし、そこで初めて気がついた。どこにも、鍵を差し込むような穴がない。すぐに目についたのは、扉の横についている小さな灰色の蓋。

「早いよ～智里」

ようやく二人が追いついてきたが、たったこれだけ走っただけなのに、苦しそうに息を切らしている。

「ここだろ？　早く開けようぜ」

智里は答えず、小さな蓋を開いてみた。すると中にはタッチパネルと、カードを通すような窪《くぼ》みがあった。

「なにこれ？」

と持田が呟く。

ここで扉を開ける仕組みになっているのか……。

先ほど瑠華からもらったカードを出し、窪みにスーッと通した。

すると、ビーッというエラー音が響いた。もう一度試してみたが、変化はなかった。

「おいおいどうなってんだよ。全然ダメじゃん。これってハズレのカードだったんじゃねえの？」

瑠華の声を聞き流しながら智里は慌てずに考える。そしてタッチパネルに注目した。

これは、一体？

その時、持田が後ろから、

「うりゃ」

と、ボタンではないのに、パネルに親指を押しつけた。しかも、ペタペタと何度も。

「ちょっと！　無意味なことやめてよ！　馬鹿なんじゃないの！」

気が立っていた智里は持田を怒鳴りつけた。

「ゴ、ゴメン……」

「まあまあ」

瑠華の手が肩に置かれた瞬間、頭の中であるひらめきが湧いた。

「そうか！」

これは、指紋認証ではないか。登録された指紋と一致すれば扉が開くという仕組みだ。その後に、このカードを通すのだろう……。

持田のイタズラも、まんざら役に立たなかったわけではない。

私たちの指紋ではもちろんダメだ。

ということは……。

「二人とも来て！　急いで！」

「こ、今度は何だよ、おい！」

智里は階段を下り、廊下を駆け抜け、バッジスの作品がある部屋に戻った。そして、瑠華が倒した敵の前で足を止めた。

「さあ引っぱっていくのよ！」

二人に命令したが、返事がない。振り返ってみると誰もいなかった。

「もう！　何やってんのよ！　トロいんだから！」

ようやく到着した瑠華と持田は、もう完全にバテてしまっていた。

「早く早く！」

「何だよ智里。コイツをどうするつもりなんだよ」

声もへろへろだ。

「さっきのところまで引っぱっていくの！　瑠華と私は足！　アンタは腕の袖を持って！」

「わ、分かった……」

智里の迫力に圧倒された二人は指示どおりに動く。

「せーの！」

三人同時に力を入れ、階段に向かって敵をズルズルと引きずっていく。床に絨毯が敷かれていないぶん、運びやすかった。とはいえ、重い。部屋から出た時には智里も息が切れていた。顔に血管を浮き上がらせながら、三人は特別展示室を目指す。

「マジやばいよ……私、もう限界なんだけど」

早くも持田が弱音を吐いている。

「ツベコベ言ってないで身体動かして！　もう少しだから頑張りなさい！」

「もう……鬼」

今にも泣きそうな声。

智里は、渾身《こんしん》の力を込めてグイグイ敵を運び、徐々に扉に近づいていく。いつの間にか、瑠華と持田は口を利かなくなっていた。真剣な顔つきに変わっている。

「やっとここまで来た～」

階段の手前まで来ると、瑠華は全身から息を吐き出した。三人は、そこで少々休憩を取った。残り時間はもうわずか！　握力を回復させた智里は、再び足を持つ。

「さあ行くわよ！　せーの！」

気合いを入れてかけ声をかけた。一つ、また一つと階段を上っていく。段の角張りが邪魔でつっかえながらではあったが、何とか扉の前までやってくることができた。

あとはパネルに指紋を……。

ここで自分たちの仕事は終わりだと思ったのだろうか、瑠華と持田が同時に手を離した。片足が、バタンと床に叩きつけられた。

「ちょっと何やってんのよ！　立たせなきゃいけないんだから！　ほら！」

「もうやだ～」

「まだあんのかよ～」

二人とも完全に体力を奪われてしまったらしい。

「当たり前でしょ！　二人は肩を持って！　私は下を支えてるから」

嫌そうに、命令どおりに動き始めた。

「こ、これでいいのかよ……」

途切れ途切れに瑠華がそう聞いてくる。

「オッケイ。そのままにしてて！」

準備が整ったところで、智里は敵の右手をパネルに伸ばし、人差し指をギュッと押しつけた。すると、先ほどとは違う、高い音が鳴る。

「やった！」

だが、まだ扉は開かない。予想どおりだ。智里は、カードを溝にスッと通した。

これで鍵が開くはずだ。しかしどうしたことか、反応はエラー。

「嘘《うそ》……」

再度、読み込ませる。が、機械の判定は変わらない。大きな期待から一転、智里は頭が真っ白になった。

「どうして？　どうしてよ……」

まさかこのカードではない？　無意識のうちに、瑠華を睨みつけていた。

「な、何だよその目。あたしのせいじゃねえぞ。ただ拾ってきただけなんだから。本当だって！」

なぜ開かない？　これは別の場所で使うものなんだろうか。だが、もう思い当たる

ところがない。いやそれよりも、ここに合うカードキーは……。もうマジやばいんだけど
「てゆうか、いつまでこの体勢でいなきゃいけないわけ？　もうマジやばいんだけど」

「私も……」

瑠華と持田の苦しむ声が遠くに聞こえる。

「……どこよ」

時間ばかりが過ぎていく。

「おい智里！」

瑠華が我慢の限界に達したその時、智里はゲームの最初の頃を思い出した。そしてすぐに目の前にいる敵のズボンのポケットをまさぐった。しかし、中には何もない。

「ねえ、手ぇ離していい？」

「ダメ！　もう少し！」

弱音を吐く持田に強く言い放ち、今度は上着を調べていく。外側は空っぽ。次は内側。乱暴に敵を動かす。

「揺らすな揺らすな！　こっちはきついんだから！」

瑠華の文句が飛ぶ。

右側に感触はなかった。しかし、左の内ポケットに手を当てた瞬間、

「うん？」

これはもしやと思い、中から取り出したそれは、カードキーであった。今持っているものと形は一緒だが、色が違う。こちらは青色で、やはり真ん中に数字が並んでいる。裏は真っ白だった。

「これだ！」

再度挑戦する智里。ダラリと垂れ下がった敵の腕を持ち、人差し指をパネルに押して、ピーッと鳴ったところでカードを読み込ませた。すると、カチッという音が微かに聞こえた。ようやく旋錠が解除されたのだ。智里はノブを摑《つか》む。

「行こう！」

「やっとかよ～」

ため息とともに、二人はすぐに敵から手を離した。

この中に、『手をつなぐ二人』があるはず。今度こそ、これで終わりだ……。

智里は勢いよく扉を開いた。真っ暗闇の室内に光が伸びる。かなり広々とした空間だ。学校の体育館の半分以上はあるだろう。それなのに、作品がどこにも……。

「あれだ」

智里は正面を指さした。

二十メートルほど先の壁に、五つの絵が飾られている。あのどれかのはずだと、智里は緊張の面持ちで走った。瑠華と持田も続いてくる。

作品の二メートルほど手前で、智里は足を止める。ここだけは警戒が厳しいようで、腰くらいの高さのロープが張り巡らされている。

「で？　どれだよ智里？　早くしないとまずいだろ」

後ろから瑠華が急かしてくる。

「黙って！」

ロープをまたいで中に入る前に、五つある作品と解説を真剣に見ていく。

『マリス作・行進』

高鳴る鼓動。

『リュックス作・自画像』

興奮を抑え、次に移る。

真ん中の絵が視界に入ってきた瞬間、引き寄せられるようにして智里は作品に近づいた。

もしや、これが。智里は、拳をギュッと握りしめた。

大きな大きな樹の前で、長い髪の女性と、幼い女の子が手をつないでこちらを向いている。二人とも真っ白いワンピースを着て、穏やかな表情を浮かべている。空には黄色い小鳥が二匹、優雅に飛んでいる。

『バッジス作・手をつなぐ二人』

題名を確認した智里の肩から、スーッと力が抜けた。これだ。ようやくここに辿り着いた。

優しい絵だった。想像していたものと全く違う。彼は最後にこの作品を仕上げ、死んでいった。妻と娘を亡くした時は悲しみに満ちていただろうが、この絵を描いている時は、そうではなかったのかもしれない。

二人がいる天国に行ける。もう少しで会える。そう思いながら、筆を動かしていたのかもしれない。この作品を見ると、そんなふうに感じるのだ。

「これか智里？　何だか全然普通じゃん。ガッカリだな」

彼の人生を知らないのだから仕方がないだろう。

私はそうは思わない。このような温かい絵で本当によかった。胸につかえていたものがやっととれた感じだった。

これで、バッジスの人生の幕は下りた。今度は私の番だ。気持ちを切り換えた途端、再び焦りが襲ってきた。あとはこの作品を盗み出せばいいだけだ。必ずクリアしてみせる。

「じゃあ私が持っていきま〜す」

持田が無造作にロープをまたごうとした。地面に向けていた瑠華の懐中電灯の光の先にうっすらと見えるあれは……。

「ダメ！」

智里は叫びながら彼女の服を摑んで引き戻した。

「なんでよ〜」

「よく見て！　罠よ！」

さっとロープの内側に光を当てる。すると微かに赤い線が浮かび上がった。

「う、うわ〜」

持田は口をポカンと開けた。

「マジかよ、おい。ここまでするか」

瑠華は驚きを隠せないようだ。

「どうするよ？」

そう簡単にクリアさせないというわけか。ここからでは絵に手が届かない。このままではゲームオーバーだ。

どうすればいい……。

必死に考えていると、智里の頭に数十分前に見た部屋が浮かんできた。

『管理室』が、確か一階にあったはず。あの時はゲームには関係ないとがっかりして入らなかったが、あそこで赤外線のスイッチを切れるのかもしれない。智里は袖をバッとめくり液晶画面を確かめた。

残り、三分を切っている。ギリギリかもしれないが……。

智里は全力で走り始めた。そして特別展示室を飛び出した。

「お、おい！ どこ行くんだよ！」

後ろから瑠華の声が追いかけてくる。智里は返事もせずに走り続けた。バッジスの作品が並ぶ部屋を抜け、階段に辿り着いた。二段飛ばしで下りていき、残り五段でジャンプ。廊下に着地した智里は、休むことなく、今度は一階へ通じる階段を目指す。

残り、二分三十秒。

間に合うだろうか！

来た通路を戻っていく。配置は頭の中にインプットされていた。

迷うことなく階段に到着。時間配分を計算しながら素早く下りていく。

そして、一階に下り立つと、急いで管理室へ向かう。確か一番奥にあったはずだ。記憶は正しかった。

息を切らしながら、『管理室』と書かれた部屋の扉を強く引いた。しかし、鍵がかかっていて開かない。

「もう！」

鍵束を取り出した智里は、慌てながら鍵を差し込んでいく。だが、うまくはまってくれない。床を踏みつけ、怒りをぶつける。三つ目で、ようやく手応えを得た。

六畳くらいの狭い空間の中に飛び込む。心細い懐中電灯の光で照明やら空調やら様々なスイッチが数多く並んでいる機械を発見する。ここに間違いない！

「どれよ！　どれ！」

一つひとつ追っていくが、特別展示室という文字がない。

残り二分！

「どれよ、もう！」

苛立ちが爆発しそうなところで、右端にあるスイッチが目に入った。

『特別展示室　赤外線』

あった！　これだ！　スイッチに手を伸ばし、オフに切り換えた。

特別展示室にいる瑠華と持田はこれで絵を手に入れることができるだろう。あとは時間との勝負。クリアは目前！

「頼んだわよ」

そう思ってもじっとしていられず、部屋を飛び出した、その時だった。

「キャア！」

不意に現れた人物と正面衝突した。頭を強くぶつけてしまい、フラフラして何が起きたか分からない。

相手も頭を押さえている。その両手の隙間から見えた顔は紛れもなく瑠華だった。後ろには、持田が……。

「な、何やってんのよ！　どうしてここにいるのよ！」

痛みを堪《こら》えながら瑠華に怒りをぶつける。

「ど、どうしてって、いきなり出ていっちゃうからさ。追いかけてきたんだよ」

「馬鹿じゃないの！　今、赤外線のスイッチを切ったの！　アンタたちが絵を持ってこないでどうすんのよ！　また戻らないといけないじゃないの！」

「そんなこと言ったってさ〜」

「全く使えないんだから！　考えれば分かるでしょうが！」

「わ、悪い……こっちも焦ってたからさ」

智里は、瑠華と持田を睨みつけながら舌打ちした。

文句は山ほどあるが、そんなことを言っている場合ではない。

再び時間を確かめる。残り、一分十五秒。絶望的なタイムではあるが、このまま諦めるわけにはいかない。

「もう馬鹿！」

二人を思いきり怒鳴りつけ、智里は三階へと急いだ。

「お、おい行くぞ！」

瑠華が言った時には智里は既に階段を上っていた。

二階へ到着。残り一分五秒。早くしないと！　ノンストップで廊下を疾走する。三階に通じる階段に辿り着く。苦しみを堪えながら顔を上げる。

もう少し！

そして、一段目を踏んだ。が、その時だった。

館内に、異変が起こった。

突然警報ベルが鳴り響いたのだ。足を止め、辺りを見渡す智里。

この音は何？　どういう意味？

時間は、残っている。まだ終わってはいない。それなのにこれは……。

「お、おい！　どうなってんだよ」

息を切らして追いついた瑠華も、この音に戸惑っている。もうじき爆発するという合図だろうか。それにしては音が大きい。しかし、もたもたしてはいられない。ゲームは続いているのだから。とにかく行かなきゃ。

智里は、再び走りだした。

14

微かに聞こえてくるこの音は何だろう？　徐々に、大きさが増していく。

ハッと目を開けたかや乃は、しばらく呆然と固まっていた。キョロキョロと、目を動かしてみる。

何だこのゴツゴツとした感触は？　頭、腕、足が妙に痛い。そして、この狭い空間。便器が横になっているのはどうして……。

トイレだ……。私はずっとこの中で……。

自分の置かれている状況に気づいたかや乃は、タイルに手をつき、ゆっくりと立ち上がる。そして、怖々と木の扉を開けた。

鳴りやまないけたたましいベル。何が起こっているのだ？

その時、かや乃はようやく肝心なことを思い出した。今自分は『バーチャ』をプレイしている最中なんだ。まだ続いているということは、誰も条件をクリアしていないのか……。

じゃあ、どうして私はここに？　一つひとつ記憶を辿っていく。

ゲームが始まり、館内に入る。すぐに謎の敵に襲われ、姉が奴を追うと言いだした。そして智里を一階に残し、自分は二階へ……。

持田と離れ、姉と行動を共にして、一人でトイレに行かされ……。

違う。まだその先がある。姉が謎の人物を発見したのだ。そこまではよかった。が、急に走りだされてしまったので、私は後を追おうとして床に転んでしまい、気づいた時には独りぼっちになっていた。そして姉を探そうと立ち上がった時に……。

そう。私は襲われたのだ！　背中に何か気配を感じて振り向いた時には、黒い人物が真後ろに立っていた。今でもお腹に痛みを感じるということは、殴られたのだ。それから記憶がない。気絶してトイレに放り込まれたのだろう。

あの時の恐怖がまだ身体に染みついている。

覆面の奥。あの目は男だ。間違いない。

かや乃は、急に不安になった。三人は今どこにいるんだろう？　恐る恐るトイレから出る。誰もいない。まさか館内にいるのは私だけ？　かや乃は、電子機器を確かめた。幸い、姉たちはまだいるようだ。そんなことよりも残り時間を見て、自分の目を疑った。

あと、三十秒。

嘘でしょ？　いつの間にこんな……。一体どれくらい眠っていたんだろう。一向にベルが鳴りやまないのは、もう終わりに近いから？　それとも何かあったから？

「どうしよう……」

まず初めに頭に浮かんだのは、怒った姉の顔だった。絶対に叱られる。謝ろうとしても、もう遅い。その前にゲームオーバーだ。ちゃんと説明すれば許してくれるだろうか。

リタイアボタンから、かや乃は目をそらす。放棄しないのが最低条件。

とはいっても、タイムオーバーになった瞬間、館内は……。

「やだ……もう」

かや乃は小さく屈んで、目を閉じ、耳を塞ぎ、ただただ震えていた。ギリギリのところで三人がクリアしてくれることを願うしかなかった。

館内に鳴り響く非常ベルが気持ちを焦らせる。三階に到着した智里はようやくバッジスの作品がある部屋を抜けた。残り三十秒！　もう無理か！

そう思いながらも、果てしなく続くかのような廊下の先にある特別展示室へとがむしゃらに走った。

「智里！　もういいよ！」

何とかついてきていた瑠華がとうとう足を止めた。それでも智里は諦めたくなかった。四つ段を上り、特別展示室に、勢いよく飛び込んだ。必ず『手をつなぐ二人』を持って脱出してみせる。

しかし、中に入った智里の目に入ってきたのは、人の姿だった。黒い覆面を被った、あの謎の人物。

さらに、同じ格好をした者が、もう一人。二人の覆面が、バッジスの絵を抱えている。

耳にジリジリと響く非常ベル。互いに、一歩も動かない。睨み合いが続く。

「……どういうこと？」

頭の整理がつかなかった。一人だと思い込んでいただけで、最初から二人いたのだろうか？　そういう設定だったのか？　やはりプレイヤーに絵を盗ませないために作られた人物？

バッジスの様々な作品が、脳裏をかすめていく。彼の人生が、次々と浮かんでくる。

少し遅れてやってきた瑠華と持田の驚く声が、室内に広がる。

「マジかよおい！　一人じゃなかったのかよ！」

しばらくは誰も口を利かなかった。

「そ、そうだ瑠華さん！　今しかないよ！　倒しちゃおうよ！」

勇気を振り絞って持田が銃を取り出そうとした時、目の前の二人が先に銃をこちらに向けた。

「動くな！」

どちらが言ったのかは分からない。瑠華と持田は腰の辺りで手を止めた。混乱していた智里は、ただ突っ立っていることしかできなかった。

「そこをどけ！　どかねえと撃つぞ！」

三人は、動けなかった。

「どけ！」

そう言って、一人が天井に発砲した。持田が悲鳴を上げる。

「関係ねえ！　どうせもうクリアできねえんだ！　お前らをぶっ殺して終わらせてやるぜ！」

吠《ほ》えながら銃を取り出す瑠華を手で制し、智里は口を震わせながら、二人にこう聞いていた。

「アナタたち……誰？　ねえ誰なの？」

二つの銃が、智里に向けられる。

「うるせえ！　どけ！　早くどけ！」

表情を強張《こわば》らせながら、智里は一歩前に出る。

「や、やってみなさいよ！」

どうせ、ゲームが終わるだけだ。その前に、最後の謎をどうしても解きたかった。

思わぬ智里の強気な態度に、二人は顔を見合わせる。仕方ないといったふうに、とうとう一人が口を開いた。

「お前ら、まだ気がつかねえのか」

「え？」

意外な言葉に、智里は拍子抜けする。

「何が言いたいの」

「時計を見てみろ！」

そう指示された途端、衝撃が走った。

「そうだ……」

智里は袖をめくり、電子機器を確認する。

残り、ゼロ。タイムはとっくに過ぎていた。

「る、瑠華さん……」

「爆発……しねえ」

瑠華と持田は時計を見つめながら固まってしまっている。智里も同じ思いだった。

「ど、どうして……」

「もうとっくに終わっているんだよ、俺《おれ》らの全てのシナリオは。ご苦労だったな……」

その言葉で、智里は何か予感めいたものがあった。両手を広げ、顔の近くに持っていく。次に体、そして足に視線を向ける。

「まさか……これ」

嘘だ、嘘だ嘘だ！　今、ここにいる私は……。

「ようやく気がついたようだな。そう、これは『バーチャ』じゃない。現実の世界なんだよ」

心臓が、ドクンと強く反応する。ジワリジワリと手に汗が滲む。

瑠華が必死に反論する。

「そ、そんなわけねえよ！　だ、だって……」

男が瑠華の言葉を遮り、薄笑いを浮かべて言った。

「だったら！　リタイアボタン押してみろ。店に戻れるかもしれないぞ？」

言われたとおり、瑠華がボタンを押した。しかし、彼女の身体は消えることもなく、何の変化も表れない。

「あれ？　あれ？　おい！」

何度押しても、結果は同じだった。

「じゃあ、本当に……でも、どうして」

持田が絶望に満ちたような声を洩らす。

突然、展示室の入り口から、女の子の声がした。

「お、お姉ちゃん！」

「かや乃！」

智里は、呆然と足元を見つめていた。信じられない。信じたくはない。しかし、彼らの言っていることは事実だ。これは現実。動揺しながらも智里は、今までの出来事を反芻《はんすう》してみた。

最初から、ゲームではなかった？

「これ、おかしいよ！　時間が来てるのに終わらないし、リタイアはできないし！　変だよ！」

かや乃のその言葉に瑠華も何も言えなかった。黙っていた智里が、ようやく口を開く。

「私たちは……ずっと騙《だま》されていたってこと？　じゃあもしかしてアナタたちは！」

両方の頭から、覆面が外された。一人はメガネに短髪。もう一人は、背の低い長髪。紛れもなく、あの店員二人だった。

「お、お前ら！」

瑠華の驚く声とは逆に、智里は希望を失った。謎の男が店員だったと判明した途端、目の前が真っ暗になった。

もう、認めるしかなかった。

これは『バーチャ』ではないと。

短髪のほうが、不敵に笑った。

「これで納得したろ」

ふつふつと、怒りがこみ上げる。両手の震えを抑えるために、両手をグッと握りしめた。

この男たちに、ずっと私たちはハメられていた。まるで操り人形のように、動かされていたなんて……。

「目的は、その絵……」

「ああ」

長髪が頷き、こう続けた。

「バッジスが最後に描いたこの作品。十億はくだらねえ。この美術館に運ばれてくるという情報を耳にしてな、この方法を思いついたんだよ。ターゲットは女なら誰でもよかった。元々いた店員を別の場所に監禁し、俺たちが店員になりすます。そして客に『Fコース』を選ばせる。こんなコースがあるはずないのになぁ」

「ふざけやがって！」

瑠華が怒鳴り声をぶつける。短髪がその先を続ける。

「店に入ってきた時から既にシナリオは決まっていたんだよ。お前らをイスに座らせた後、即効性の薬で眠らせ、迷彩服に着替えさせる。そして真夜中になったところで美術館に移動させ、身体に強い刺激を与え、ゲームスタートだ。ただ、四人同時に目覚めるわけがねぇ……」

男の声が、小さくなっていき、智里の脳裏に、ゲーム開始直後の記憶が蘇《よみがえ》った。

そう、目を開けた時、瑠華が目の前で手を振っていた。彼女の呼びかけが……あった気がする。

私たちは、『バーチャ』であの場所に移動してきたのではない。

ただ、目覚めただけだった？　ゲームに夢中で、疑うことさえ……。

「第一段階は成功。だが、お前らを信じ込ませるのに、色々苦労したんだぜ？　爆発するまでの時間設定。偽の電子機器を使ったり、敵を装って攻撃したり、宝箱まで置いたりしてな。しかし、こんなにうまくいくとはな。予想以上の出来だ。お前らに美術館に忍び込ませ、俺らが絵を盗む。当分の間、犯人はお前たちだ。全てが現実だったと気づいた頃には、俺らは海外だ。警察が事情を知るまでたっぷり時間もあるしな」

そこでようやく、智里は自分たちがとんでもない立場に置かれたことに気がついた。

そう。今自分が立っているのは、現実の世界。ということは、私は実際にこの美術館に忍び込み、警備員に麻酔銃を発砲した。このままでは、私たちが強盗犯。人生が、一瞬にして崩壊する。何もかも、もう終わりだ……。

「マ、マジやべえよ！　早くここから逃げなきゃ！」

非常ベルの意味に気がついた瑠華は突然あたふたとし始めた。

「おいみんな！　行くぞ！」

持田とかや乃は動揺しながらも何とか瑠華の指示に反応した。

「……私は」

三人が慌てている中、今にも消えそうな声を出す智里。急に力が抜け、膝からガクリと落ちた。

「なにやってんだよ智里！　さあ早く立って！」

瑠華の腕を払い、智里は首をブルブルと横に振る。

「私は……私は信じないわよ！　これは『バーチャ』よ！　そうに決まってる！　違う、夢！　幻覚！　現実なんかじゃない！」

智里は自分を見失う。

「ふざけないで！　私は悪くない！　悪くない！」

　バッジスの絵を抱えた男たちが、四人の横を通る。

「諦めるんだな！」

　そう言って、展示室から出ていった。

「智里！　早く立って！」

「私は行かない！　行かないわよ！」

　目を覚まさせるために、瑠華は智里の頬を強く張った。

「いい加減にしろ！」

　その痛みに智里は、ようやく正気に戻った。そして、今自分が置かれている状況を考える。

　私はゲームだと思い込んでいただけ。しかし、これは紛れもなく現実……。

「このままじゃ本当にまずいんだぞ！　早く逃げなきゃ！」

　珍しく瑠華の顔は真剣だ。二人の様子を持田とかや乃は心配そうに見ている。そして、建物内では、未だに非常ベルが鳴り響いている。

　もし、捕まったりでもしたら。

「わ、分かってる。分かってるわよ！」

智里は立ち上がり、猛然と走りだした。特別展示室を飛び出し、階段へ向かう。

「かや乃！　早くしろ！」

後ろからは瑠華の怒声。智里が振り返ると、瑠華がかや乃の手を引っぱっている。

「もっと急いで！」

一刻も早く美術館から抜け出さなければ！

階段を駆け下り、二階の廊下をひた走る。そして一階へ。出口まで、あとほんの少し！　悪夢から、抜け出せる。

私は、巻き込まれただけ！

智里が重い扉を開き、四人は飛び出すようにして美術館から出た。その瞬間、智里、瑠華、持田、かや乃はビクッと足を止めた。バッジスの絵を抱えたまま、二人の男が目の前に背中を向けて立っていた。その先には、大勢の警官、機動隊が待機していた。

もう逃げ場など、どこにもなかった。

言葉を失い、頭が真っ白になる。これまで歩んできた道のりが、走馬灯のように脳裏を駆けめぐった。

常に自分が一番だった。後ろ指を差されたことなんてない。親の前ではいい子を演じ、学校での評価は高く、ずっと勝ち続けてきた。誰もが羨むような人生を送ってきたこの私が……。

　犯罪者に？

　六人に、強烈な光が当てられた。あまりの眩しさに智里は目を隠した。

　私は、どうなってしまうの？　不安が胸に広がっていく。怖くて、目をあけることがどうしてもできなかった。

「くそったれが！」

　短髪が地面を踏みつける。

「ちくしょう……」

　長髪のほうは肩を落とした。

「ふ、ふざけるな！」

　と叫び、瑠華が足を踏み出したその瞬間、

「動くな！」

　と拡声器から声が響いた。六人は、完全に動きを封じられた状態となった。

「お姉ちゃん」

「瑠華さん」

　持田とかや乃が心配そうな声を洩《も》らす。知らず知らずのうちに四人は寄り添っていた。ようやく、非常ベルが鳴りやんだ。智里は、握っていた拳を、ゆっくりと開いた。もうどうすることもできないと、悟った。

重苦しい雰囲気の中、長い沈黙が続いた。

「確保しろ！」

警官の声が夜空に響いた。その声を合図に、大勢の警官らが突進してくる。もみくちゃにされる中、智里は放心したままだった。

「一人確保！」

抵抗する間もなく、両手に手錠をはめられた。冷たい感触が、身体の芯《しん》にまで伝わってくる。

「こっちだ！　こい！」

強い力でパトカーまで連れていかれた。

かや乃と持田も同じように連行されている。

暴れていたのは、瑠華ただ一人だった。

「ちょっと待てよ！　話を聞いてくれ！　騙されたんだって！　マジなんだって！　おい！　あの黒い二人だ！　悪いのはアイツらなんだよ！　ちゃんと調べてくれよ！『バーチャ』だって嘘つかれたんだ！」

この場でどんなに叫んでも無駄だった。警察には言い訳としか聞こえないだろう。

「おい離せ！　離せって言ってんだろ！」

「大人しくこっちへこい！」

力尽きたのか、ズルズルと引きずられていく。声も次第に聞こえなくなった。

「さあ乗れ！」

智里は、パトカーの後部座席に押し込められた。左右を警官が固める。助手席、運転席にも……。

両手が、激しく震えている。

みんなは？　外を見ると、騒動はまだ収まってはいない。三人とも別々の車に乗せられたようだ。

「よし、出せ」

助手席の男が命令すると、智里を乗せたパトカーは静かに動きだした。瑠華、持田、かや乃と離れていく。

車内でずっと俯いていた智里は、ふと顔を上げ、口を開いた。

「私は……私たちは、騙されていたんです。あの男二人に。お願いです、信じてください。巻き込まれただけなんです、本当に」

必死にそう訴えても、警官の返事は、冷たかった。

「話は署で聞くから」

全身から、スーッと力が抜けた。

私の人生はもう終わったのだと、ぼんやりと考えていた。

どうしてこんなことになってしまったのだろう。私はただゲームをしたかっただけなのに。

こんなことになるのなら、『バーチャ』に足を踏み入れなければよかった……。

悔しくて、悲しくて、この先が不安で、瞳から大量の涙がこぼれた。

智里はふと、バッジスを思い出した。彼の作品を眺めていたあの時、実は自分が、どん底へと落ちていたのだ。

何もかもが、嘘だったなんて……。

パトカーは止まることなく、署へと向かっていった。

エピローグ

翌日、『女子中高生四人組、美術館で逮捕』と、テレビや新聞で事件が伝えられた。そして日が経つごとに真相は明らかとなり、前代未聞の事件は、『バーチャ』が発表された時以上の波乱を巻き起こした。
長沢昭夫、赤峰隆章の二人に騙されていた智里たち四人は事情聴取の末、被害者であることが判明して釈放された。ただ、学校からは十日間の停学処分が下った。無罪とはいえ、しばらくショックから立ち直れなかった智里は、ずっと部屋に閉じこもっていた。家には連日、マスコミが押し掛けてきた。瑠華や持田から連絡があったが、携帯には出なかった。事件以来、父の口数は減り、母はストレスからか、体の調子がすぐれないようだ。家族は崩壊寸前だ……。

学校は、休まなかった。逃げていると思われたくなかったから。私は悪くない、関係ないという強い姿勢を保たなければならなかった。あんなことで、負けるわけにはいかない。いつもどおりでいいんだ。

涼しい風を受けながら、校門の前に立ち止まる。横を通り過ぎる生徒たちの冷たい視線を感じる。軽蔑よりも同情？　やめてくれ。他人がどう思っているのかは知らないが、誰一人として近寄ってはこなかった。それでも智里は、堂々と校舎へと進んだ。

下駄箱でも、廊下でも、注目を浴びていた。ヒソヒソと話す声が聞こえてきたが、相手にしなかった。教師ですら、陰からこちらを窺っているように感じる。声をかけてはこなかった。

ザワザワとした教室の扉を開くと、一気に静まり返った。瑠華の席には大勢のクラスメイトが集まっている。中心にいたのは、違うクラスのはずの持田だ。事件の話で盛り上がっていたようだが、二人は無理に明るさを装っているといった感じだ。落ち込んだ姿など見せたくなかったのだろう。

「おはよう……智里」

この日初めて声をかけてきたのは瑠華だった。全員の視線を受けながら、無言で頷く。何よりまずいのは、不良の彼女たちと遊んでいたのがバレたこと。むしろそこだ。

「あの、その……元気だった？」

持田がおずおずとこちらに歩み寄ってきた。どうしてアンタに心配されなきゃいけないわけ？　何も答えず、席に着くと、彼女は悲しそうに瑠華のところへ戻っていった。内心、もう少し優しくしてやればよかったと後悔した。

チャイムが鳴り、しばらくすると担任が教室にやってきた。いつもと雰囲気が違う。何しろ、事件を起こした二人が登校してきたのだ。教室が妙な静けさに包まれる。事件のことには一切触れず、出席がとられた。余計に白々しい雰囲気が増しただけだった。

そんなぎくしゃくとした空気のまま、授業が終わった。帰りのホームルームで担任と挨拶をした後、智里はすぐに教室から出た。まっすぐ家に戻るつもりが、いつの間にか、あの場所に向かっていた。

足を止めたその先には、『バーチャ』専門店があった。周りには誰もいない。シャッターも閉まっている。

無意識のうちに、智里は美術館での出来事を思い返していた。

正直、あれが現実だったなんて……。もっと早く気がついていれば。

夢中になりすぎていたのだ。

『バーチャ』に。

非現実世界が爽快《そうかい》で、中毒になっていた。強がった生き方をしていなければ、のめり込むことなんてなかったかもしれない……。

「やっぱここだったんだ」

智里の眉がピクッと上がる。振り返るとそこには、瑠華が立っていた。

「別に……」

店に向き直った智里の横に瑠華が並ぶ。

「かや乃ちゃんはどう？」

瑠華は深刻そうな顔になった。

「学校、行かなくなったよ。罪悪感があるらしくて。いや、怖いんだろうな。もっとイジメられるんじゃないかって」

「……そう」

私も悪いのかもしれないと、智里は胸を痛めた。

「忘れるしかないのよ」

自分に言い聞かせるように、そう呟く。

『バーチャ』の記憶は、抹消する。未練なんて、ない。二度と足を踏み入れない。失ったものが、多すぎた。

歩きだした。

「……帰ろう」

智里は、店に背を向け、離れていく。一度立ち止まって振り返ったが、すぐにまた歩きだした。

忘れるんだ。

そう分かっているはずなのに、脳裏には、『バーチャ』のスリルがまとわりついていた。プレイしたいと思っている自分が、どこかにいる。しかし……。

今回の事件が原因で、後に『バーチャ』は廃止となる。

日本全国から、バーチャワールドは消え去った。

この作品は書き下ろしです。原稿枚数253枚（400字詰め）。

幻冬舎文庫

●好評既刊

闇が呼んでいる

赤川次郎

女子大生四人組は自らの薬物使用を隠すため、男子学生にレイプの罪を着せ、自殺に追い込んだ。数年後、その学生から手紙やFAXが……。死者が甦り復讐を始めた？　長編ミステリーの傑作！

●好評既刊

死にぞこないの青

乙一

飼育係になりたいがために嘘をついてしまったマサオは、クラスのみんなからいじめられてしまう。傷つくマサオの前に「死にぞこない」の男の子が現れた。ホラー界の俊英が放つ書き下ろし小説。

●好評既刊

暗いところで待ち合わせ

乙一

視力を無くし、独り静かに暮らすミチル。人間関係に疲れ、仕事を辞めようと悩むアキヒロ。駅のホームで起きた殺人事件をきっかけに、二人の奇妙な同棲生活が始まった。俊英が放つ長編小説。

●好評既刊

上と外　1　素晴らしき休日

恩田　陸

中南米、ジャングルと遺跡と軍事政権の国。四人の元家族を待つのは後戻りできない〈決定的な瞬間〉だった。全六巻、隔月連続刊行、熱狂的面白さ、恩田ワールドの決定版、待望の第一巻。

●好評既刊

上と外　2　緑の底

恩田　陸

G国で軍事クーデター勃発。父と母は子供たちの無事を祈る。一方、ヘリコプターから落下した二人は密林を彷徨する。疲労の中で二人が見つけたものは!?　ノンストップの面白さで息もつかせぬ第二巻。

幻冬舎文庫

●好評既刊
栄光一途
雫井脩介

日本柔道強化チームのコーチを務める望月篠子は、柔道界の重鎮から極秘の任務を言い渡された。「ドーピングをしている選手を突き止めよ」。スポーツミステリー第一弾！　鮮烈なるデビュー作。

●好評既刊
虚貌(上)(下)
雫井脩介

二十一年前の一家四人放火殺傷事件の加害者たちが、何者かに次々と惨殺された。癌に侵されゆく老刑事が、命懸けの捜査に乗り出す。恐るべきリーダビリティーを備えたクライムノベルの傑作。

●好評既刊
火の粉
雫井脩介

元裁判官・梶間勲の隣家に、かつて無罪判決を下した男・武内が引っ越してきた。武内は溢れんばかりの善意で梶間家の人々の心を摑むが、やがて次々と事件が起こり……。驚愕の犯罪小説！

●好評既刊
白銀を踏み荒らせ
雫井脩介

天才・石野兄弟の出現で一躍注目を浴びた日本アルペンスキー界だったが、兄が競技中に事故死。メンタルコーチの望月篠子は事件の真相を探るが……。俊英が切り拓いたミステリーの新境地。

●好評既刊
天国への階段(上)(中)(下)
白川　道

復讐のため全てを耐えた男。ただ一度の選択を生涯悔いた女。二人の人生が26年ぶりに交差し運命の歯車が廻り始める。孤独と絶望を生きればこそ愛を信じた者たちの奇蹟を紡ぐ慟哭のミステリー！

幻冬舎文庫

●好評既刊
恋愛時代(上)(下)
野沢　尚

男三十四歳、女二十六歳。元夫婦。別れた後も会ってるおかしな関係。ある日意地っ張りな二人は、お互いの再婚相手を探すと言ってしまうが、それが意外な展開に……。第四回島清恋愛文学賞受賞作品。

●好評既刊
恋人よ(上)(下)
野沢　尚

お腹の子供の父親はあなたではないかも知れないと告げられた航平。夫になる男を愛しきれない愛永。二人の男女が結婚式の直前に出会い、再会し、そして恋をする。プラトニックな不倫小説。

●好評既刊
眠れぬ夜を抱いて
野沢　尚

ひとつの町で連続して起こる一家失踪事件。平凡な主婦、中河悠子はその町の開発者でもある夫の嫌疑を晴らすため独自に事件を調査する。それが悲劇の始まりだった。超大型サスペンス長編！

●好評既刊
殺し屋シュウ
野沢　尚

フィッツジェラルドを愛読するインテリの殺し屋。腕は確かだが仕事の後に鬱になるのが悪い癖。そんな彼の元に転がり込んだ七つの殺人依頼とは。著者がハリウッド映画化を夢見た意欲作！

●好評既刊
月に繭《まゆ》　地には果実(上)(中)(下)
福井晴敏

地球を壊滅寸前まで追い込み、月と地球に分かれ住んだ人類。月の民が企てた「地球帰還作戦」から、壮大な悲劇が始まった。ガンダムの歴史に新たな一ページを刻む、SF大河ロマンの金字塔。

Fコース

山田《やまだ》悠介《ゆうすけ》

平成17年6月10日　初版発行
平成23年5月31日　40版発行

発行人——石原正康
編集人——菊地朱雅子
発行所——株式会社幻冬舎
〒151-0051東京都渋谷区千駄ヶ谷4-9-7
電話　03(5411)6222(営業)
　　　03(5411)6211(編集)
振替00120-8-767643
印刷・製本—株式会社　光邦
装丁者——高橋雅之

幻冬舎文庫

ISBN4-344-40668-0　C0193　や-13-3